LA BORNE,

Roman de Mœurs ;

PAR E. ARTHAUD,

AUTEUR

D'Inésilla, de Jules ou le Fils adultérin,
et de M. Noël ou les Cancans.

Tome premier.

Paris ;

MÉNARD, LIBRAIRE-ÉDITEUR,
PLACE SORBONNE, N° 3.

1833

La Borne.

PARIS, IMPRIMERIE DE DECOURCHANT,
Rue d'Erfurth, n° 1, près de l'Abbaye.

LA BORNE,

ROMAN DE MOEURS;

PAR E. ARTHAUD,

AUTEUR

D'INÉSILLA, DE JULES OU LE FILS ADULTÉRIN,
ET DE M. NOEL OU LES CANCANS.

—

TOME PREMIER.

PARIS,

MÉNARD, LIBRAIRE-ÉDITEUR,

PLACE SORBONNE, Nº 3.

—

1833

LA BORNE.

CHAPITRE Iᵉʳ.

—

DOCUMENS ASSEZ ORDINAIRES.

—

On était vers le milieu du mois de décembre; un froid excessif se faisait vivement sentir et présageait, pour cette année, un hiver très-rigoureux. La neige tombait à gros flocons, et l'horloge de

l'église de Bacalan, commune peu éloignée de Bordeaux, venait de faire entendre la dernière heure de la nuit, lorsque
trois coups de marteau, fortement frappés
à la porte de la maison qu'occupait Ambroise et sa femme Catherine, vinrent
troubler le calme qui régnait dans l'intérieur de leur modeste demeure.

Ambroise, succombant sous le poids des
fatigues de la journée, venait de s'endormir
profondément et ronflait à se faire entendre
du dehors ; mais sa femme, moins calme
que lui et en proie à un sujet de vive affliction, veillait encore. Entendant le bruit
qui se fit au dehors, elle secoua vivement
son mari pour le réveiller.

« On frappe à la porte de la rue, lui
répéta-t-elle à plusieurs reprises et en le
remuant avec force ; va donc voir qui ce
peut être.

— Mais, ma chère amie, tu l'as sans

doute rêvé. Tu auras cru entendre frapper; car il est peu probable, à l'heure qu'il est et par le temps qu'il fait, qu'on vienne ainsi nous interrompre.

— Je n'ai point dormi; par conséquent ce que je te dis ne saurait être l'effet d'un songe. »

Comme elle finissait de prononcer ces derniers mots, on entendit de nouveau frapper, et plus fortement encore, trois coups à la porte de la rue. Ambroise se leva, voua, entre ses dents, à tous les diables, le malencontreux importun qui venait ainsi interrompre son sommeil; étendit plus d'une fois ses bras, et accompagna ce mouvement de bâillemens convulsifs assez bruyans pour qu'ils fussent entendus de celui qui les avait provoqués; endossa ensuite son pantalon et sa veste, et, après avoir allumé sa lampe, se dirigea enfin vers la porte, qu'il ouvrit, et où il ne fut pas peu surpris de trouver

Jacques, l'un des domestiques de M. Blinval, son patron, et que, de tous ses gens,
celui-ci estimait le plus.

Celui-là même qui naguère grondait et
maudissait l'interrupteur de son sommeil,
n'eut pas plus tôt reconnu en lui le favori
de son maître qu'il se hâta de se montrer
aussi poli, à son égard, que la chose lui fut
possible. Il l'introduisit immédiatement
dans l'intérieur de sa maison, en lui demandant s'il était survenu quelque chose
de nouveau au logis.

« Oui, monsieur Ambroise, il y a du
nouveau à la maison. Madame Blinval
vient d'accoucher heureusement d'un garçon, et je viens chercher votre femme pour
donner au nouveau-né, en sa qualité de
nourrice, les soins que cet enfant réclame
si impérieusement.

— Je vais m'habiller; peu d'instans suffiront pour me mettre dans le cas de vous

suivre, car ma femme est peu en état de le faire.

— Je suis venu avec la voiture de mon maître. Il nous faudra moins de temps pour nous rendre. »

Ambroise, en effet, ne fut pas long dans sa toilette. On partit, et le même jour, à six heures du soir, il était de retour chez lui avec le petit Victor, devenu le nourrisson de sa femme.

Assise auprès de son feu, et emmaillottant l'enfant auquel elle venait de consentir à servir de mère, Catherine se plaignait à son mari et accusait la Providence de ce qu'elle lui avait si vite retiré le sien.

« Cependant, tu dois trouver dans la réalisation d'une partie des promesses qui nous ont été faites par la famille Blinval, et dans le hasard qui te donne pour nourrisson un enfant du même sexe que celui dont nous déplorons la perte récente, de quoi calmer un peu ta vive affliction?

— Je ne m'en consolerai jamais.

— Tant pis, car c'est le seul mal dans la vie qui soit sans remède. C'est un tribut que, bon gré malgré, il faut payer à la nature. L'or des riches, la puissance des rois, viennent échouer contre l'impitoyable faulx de la mort.

— Pauvre innocente créature!

— C'est précisément à cause de ce motif, et parce qu'il était jeune encore, qu'il faut que tu te montres assez raisonnable pour trouver cette séparation moins cruelle.

— Un jour, peut-être, il eût été notre consolation, notre soutien sur le déclin de nos jours!

— Mais, ma chère Catherine, réfléchis donc un peu que d'ici là il y avait diablement de temps à attendre, puisqu'il n'y avait que quelques heures qu'il était né,

lorsqu'hier il est mort; que souvent,
après avoir tout sacrifié pour un enfant,
et au moment où un père et une mère
s'attendent à être dédommagés de leurs
soins, il arrive que la mort, qui n'épargne
pas plus les jeunes que les vieux, vient
tout-à-coup, trompant leurs espérances,
leur enlever le tendre objet de leur prédilection. Enfin, et puisque nous étions des-
tinés à le perdre, il vaut beaucoup mieux
que ce moment soit arrivé plus tôt que
plus tard, parce qu'alors l'étendue de nos
sacrifices, qui eussent été énormes dans
une position telle que la nôtre, qui est loin
d'être aisée, nous eût fait trouver cette
perte beaucoup plus grande. Et puis ensuite cet événement, que tu considères
comme extrêmement fâcheux pour nous,
ne t'offre-t-il pas un dédommagement
dans les soins journaliers que tu vas donner à l'héritier présomptif de M. Blinval,

mon honorable patron, et l'un des plus riches armateurs de Bordeaux?

— J'apprécie comme je le dois tout ce que tu me dis à ce sujet; mais les entrailles d'une mère diffèrent de celles d'un père.

— Si ton enfant n'était pas mort peu d'instans après avoir reçu le jour, il est vraisemblable que tu n'eusses jamais pu te charger de la tâche que volontairement tu viens de t'imposer. En nous procurant, en ce moment, un adoucissement momentané, elle nous en promet de beaucoup plus positifs dans l'avenir. Il est impossible que l'enfant de M. Blinval oublie jamais que c'est la femme d'Ambroise, garçon de caisse de son père, qui l'a nourri de son lait, et qui lui a accordé les premiers soins que réclamait sa débile enfance.

— Je ferai en sorte, et pendant quelque temps du moins, de suivre aveuglément tes conseils à l'effet de me persuader que cet enfant est le mien. Puissé-je ne pas être éloignée du moment où il me sera possible d'oublier mon chagrin !

—Bien, Catherine; je suis charmé de te voir prendre une détermination semblable, de te voir enfin devenir raisonnable. »

L'armateur Blinval, duquel il est ici question, et dont le fils venait d'être confié aux soins de la bonne Catherine, jouissait, non-seulement en France, mais dans toute l'étendue du globe que parcouraient ses nombreux bâtimens, d'une réputation de probité que rien ne pouvait atteindre. Descendant de l'une des plus anciennes familles de la province de Guienne, ses ancêtres avaient presque toujours suivi la carrière du barreau, y avaient occupé les premières charges, et avaient en quelque sorte ajouté un nouvel éclat à celui qui distingue si éminemment cette noble pro-

fession. Il eût pu composer un bel arbre
généalogique et se faire un mérite, aux
yeux du pays et du souverain même, des
services que les siens avaient rendus à la
patrie, en réclamer le prix, et s'en faire un
droit à l'obtention des titres nobiliaires.
Mais, comme ses aïeux, Blinval pensait
avec quelque raison que ces hochets tant
recherchés par la plupart des hommes
n'ajoutent rien à leur mérite, et que, s'ils
sont totalement dépourvus de ces qualités
qui les font estimer, les titres, les honneurs ne servent qu'à faire ressortir davantage leur nullité.

Lorsqu'il avait été question de lui faire
prendre un état, de le voir se créer
enfin une fortune et une réputation qui
n'appartînssent qu'à lui, c'est-à-dire après
qu'il eut terminé ses études, au lieu de
suivre la carrière qu'avaient si heureusement et si honorablement parcourue ses

ancêtres, il avait fait choix de celle du commerce. Ayant reçu une éducation brillante, possédant plusieurs langues et toutes les qualités essentielles qui constituent un commerçant distingué, Blinval avait pensé, non sans raison, que cette branche d'industrie n'était pas celle qui contribue le moins à la gloire d'un état; que, tout en faisant sa fortune et celle de beaucoup d'autres, le négociant rend à sa patrie d'aussi grands services que la plupart des autres citoyens qui la servent chacun à leur manière. Ainsi, tout aussi jaloux qu'un autre de la prospérité de son pays, il avait voulu y contribuer par son commerce.

Entré, jeune encore et après avoir terminé ses études, chez l'un des premiers banquiers de Bordeaux, Blinval rencontra dans son patron, vieil ami de sa famille, tout ce qui pouvait l'encourager, l'exciter

même dans la résolution qu'il avait prise.
M. Dormeuil (tel était le nom du commerçant) était père de deux filles char-
mantes. Aglaé et Irma possédaient en grâces, en beauté et en talens tout ce qui
distingue si éminemment ce sexe enchanteur et sert à lui donner sur le nôtre un
si grand avantage. Il suffisait de les voir
l'une et l'autre pour les admirer, de les
entendre pour en être enchanté. La jeune
tête de Blinval ne put résister à tant d'attraits, et, dès la première vue, il sentit que
la possession d'Aglaé pouvait seule con-
stituer pour lui le véritable bonheur.

Toutefois, pour mériter un bien si précieux, il fallait non-seulement l'assentiment de ses parens, mais encore le consentement de M. Dormeuil. Il est vrai qu'en
raison des relations amicales des deux familles, cette approbation lui semblait facile à obtenir. La naissance, la fortune,

étaient égales de part et d'autre; mais il fallait plaire à celle qui avait su charmer son jeune cœur, l'empêcher d'en aimer un autre, et s'en faire remarquer au point de devenir également pour elle l'objet de sa prédilection. Notre jeune homme songea sérieusement à mettre en usage tous les moyens qu'il tenait de la nature et qui devaient l'y faire parvenir.

Pendant quelque temps, Blinval sembla désespérer. Les prévenances de toute espèce, les galanteries même qu'il mit en usage pour plaire à la femme charmante qui maîtrisait tous ses sens, semblèrent superflus. Elle n'ajoutait pas plus d'importance aux unes et autres qu'à celles que lui adressaient journellement les cavaliers qui fréquentaient la maison de son père. Le caractère d'Aglaé n'avait encore été accessible qu'à la piété filiale, à la tendresse amicale qu'elle portait à sa sœur.

L'amour, ce sentiment non moins honorable, non moins impérieux que les deux
premiers, et tout aussi capable de déterminer un véritable héroïsme ; l'amour,
enfin, était une de ces faiblesses humaines
dont, trop jeune encore, elle ne soupçon-
naît même pas l'existence.

Dans le dépit que croyait être en droit
de ressentir cet amant inexpérimenté, il
allait jusqu'à accuser de froideur, d'indifférence même celle qui cependant n'était
pas insensible au récit d'une belle action,
qui tressaillait au narré d'une conduite
héroïque, mais qui, trop jeune encore et
pleine des tendres émotions de l'enfance
qu'elle quittait à peine, n'avait pu s'abandonner à un sentiment qui lui était totalement inconnu. Il appartenait à un être
du mérite de Blinval de faire vibrer ce
cœur de douces émotions.

Quoique plus jeune d'une année, sa

sœur Irma possédait beaucoup plus d'à-
plomb, et semblait, comme son aînée, destinée à faire le bonheur d'un époux. Peut-
être même qu'en raison de ce qu'elle paraissait moins enjouée qu'Aglaé, on aurait
pu la croire plus aimante. C'était une erreur. L'une et l'autre avaient uncœur délicat et généreux : une union conjugale
devait développer chez elles ce qu'elles
possédaient de vertus.

Une circonstance indifférente pour tout
autre qu'un amant du caractère de Blinval, vint augmenter pour quelques instans
le trouble qui régnait dans son âme, et lui
faire pressentir que ses espérances de félicité, par rapport à son amour, allaient s'é-
vanouir pour toujours. Ce ne fut cependant qu'une terreur panique.

Un jeune homme, Charles Brown, né
aux États-Unis, et qui appartenait à l'une
des premières maisons de commerce de ce

pays, venait d'entrer tout nouvellement
chez l'armateur Dormeuil pour s'y perfectionner dans le négoce. Ce cavalier, de fort
bonne mine, et ayant un cœur tout aussi
accessible aux charmes que procure la vue
d'une belle physionomie, n'avait pu, non
plus que Blinval, se montrer indifférent
aux attraits des deux sœurs. Leur vue avait
produit sur tous ses sens un effet magique.
Le jeune citoyen de cette nouvelle et nais-
sante république était resté tout ébahi, et
Blinval, qui le premier s'était aperçu de
cette impression, incertain qu'il était encore si le choix que ferait son collègue ne
serait pas le même que le sien, en avait
éprouvé quelque ombrage. Il ne pouvait
en être différemment en raison de la vive
passion qu'il ressentait.

Telles sont les dispositions de l'esprit
humain, que, sans cesse préoccupé de ce
qui l'affecte ou le flatte davantage, l'homme

contribue de lui-même et sans s'en douter à faire ou non son bonheur ici-bas. Il se crée continuellement des chagrins factices ou croit à une félicité parfaite. L'une ou l'autre de ces positions est le plus souvent imaginaire. Heureux celui qui, doué d'un caractère calme et imbu de sages pensées, sait se placer dans cette situation d'esprit qui est tant enviée, et qui, procurant le véritable bonheur, est si peu goûtée des mortels !

Nous avons dit que le jeune Blinval avait cru un instant avoir un rival et qu'il lui était préféré. C'était une erreur qui, ne se prolongeant pas assez de temps pour l'accabler entièrement, souleva cependant dans son âme sensible l'un de ces vifs chagrins qui, en nous affectant momentané-ment, nous procure, lorsqu'il est dissipé, une félicité parfaite.

Tout en rendant hommage aux charmes

de la belle Aglaé, à laquelle il n'eût pas osé comparer d'autres femmes, Charles Brown avait fait choix de sa sœur Irma. Beaucoup plus calme de caractère que son ami et camarade Blinval, il ne tarda pas, en faisant ce choix, à s'apercevoir que, rivaux en mérite, ils pouvaient devoir leur bonheur commun au consentement réciproque que ces deux intéressantes personnes daigneraient sans doute donner à leur hymen.

Un aveu sincère de ses sentimens pour Irma, que fit un jour Charles au soucieux et jaloux Blinval, calma les vives appréhensions de ce dernier, et détermina de sa part une égale confiance. On le sait, rien ne lie davantage les hommes délicats comme une déclaration franche et loyale de leurs principes; à plus forte raison lorsqu'il existe entre eux une parfaite similitude d'idées.

Les confidences qui, de part et d'autre,
furent échangées, firent naître entre nos
deux jeunes gens l'une de ces amitiés qui,
pour être rares, se montrent quelquefois
dans le monde. On put comparer celle
des nouveaux amis à celle qui unit autre-
fois Castor et Pollux, amitié qui parut si
remarquable aux anciens, qu'ils leur firent
l'honneur de les diviniser après leur mort,
de les représenter sous la forme de deux
jeunes gens étroitement serrés dans les
bras l'un de l'autre, et de les considérer
désormais comme devant présider à ce
sentiment que tous les hommes disent ressentir et que si peu éprouvent effective-
ment. Mais, depuis long-temps, l'homme
se fait un jeu des plus beaux sentimens de
la nature, et, se riant de ceux qui distinguent si éminemment l'honnête citoyen,
se fait un mérite de n'affecter que du mépris pour tout ce qui est respectable.

Depuis que, déterminés par leur mu-
tuelle confiance et un intérêt réciproque,
ces deux amans avaient senti la nécessité
d'un parfait accord, il s'établit entre eux
les relations les plus intimes. Ils avaient
prévu qu'une union de volontés, une bonne
intelligence, leur était désormais nécessaire
pour assurer un jour leur bonheur. Déterminés ainsi par un sentiment que rien ne
pouvait flétrir, nullement préoccupés de
ces idées sordides et tout-à-fait vulgaires
qui contribuent si puissamment à rendre
le sort de certains hommes si à plaindre,
Charles Brown et Blinval se liguèrent pour
faire goûter et partager, si la chose était
possible, et par les deux femmes qu'ils
aimaient, un sentiment qui les maîtrisait
entièrement.

Ces deux jeunes gens possédaient tout
ce qu'il faut pour plaire ; ce qui caractérise si bien l'homme de bon ton, le fashion-

nable enfin, ils le tenaient de la nature.
Non plus l'un que l'autre, ils n'avaient à
se plaindre de leur sort ni à accuser la
Providence : elle les avait traités avec une
prodigalité peu commune. Avec des qualités aussi essentielles, et qui échappent
rarement à la sagacité d'un sexe qui en
possède tant, il était impossible que nos
deux amans languissent long-temps in-
certains de savoir qu'on n'était pas tout-à-
fait indifférent à leur mérite.

Des attentions de toute espèce, des prévenances de toute nature prodiguées long-
temps et avec satiété par des jeunes gens
dont toutes les bouches prononçaient le
plus pompeux éloge, ne pouvaient laisser
long-temps dans l'indifférence deux femmes qui avaient elles-mêmes trop de mérite et de discernement pour ne pas apprécier ce qui valait la peine de l'être.

Pensant qu'il est inutile de rapporter

dans de trop grands détails les circonstances qui donnèrent lieu à un échange d'a-
veux, parce qu'ils n'apprendraient rien de
fort intéressant; que les déclarations et
protestations, vraies ou fausses, que se font
entre eux des amans, sont, dans l'une ou
l'autre hypothèse, toujours les mêmes,
nous nous contenterons de consigner ici
que nos quatre intéressés se déclarèrent,
avec toute la franchise et les convenances
possibles, qu'au lieu d'être indifférens l'un
à l'autre, une union conjugale était nécessaire à leur commun bonheur.

Un assez long espace de temps, pendant
lequel avaient pu se voir, se parler et se
complaire nos amans, n'avait fait que confirmer davantage le résultat d'une première impression. Quoiqu'on puisse citer
plus d'un exemple de cette influence d'une
première vue, de laquelle plusieurs individus ont été victimes, il est vrai de dire

qu'elle influe essentiellement sur la destinée commune de la plupart des mortels.

Ce n'était pas tout que de s'aimer, se le
dire et se le prouver à chaque instant du
jour, il fallait à des amans aussi tendres
que délicats l'assentiment de leurs familles.
Dans les termes les plus respectueux,
comme aussi les plus passionnés, les uns
et les autres sollicitèrent de l'autorité paternelle l'autorisation d'aller consacrer au
pied des autels, par une auguste cérémonie, la réalisation d'un serment qui, quoique contracté hors de la présence d'un
prêtre, n'en était pas moins solennel ni
moins sacré.

La conduite des enfans qui ont de mauvais parens est toujours un mystère pour
ceux-ci, parce qu'ils s'en occupent peu et
quelquefois même pas du tout. Un bon
père, une tendre mère, qui, au contraire,
suivent ou accompagnent de leur bien-

veillante sollicitude les enfans qu'ils aiment et dont ils sont les véritables soutiens
et les meilleurs amis, n'ignorent aucune
de leurs actions, non plus que leurs pensées les plus secrètes.

Lorsque nos jeunes gens voulurent pressentir les auteurs de leurs jours sur les
espérances de bonheur dont leur imagination se repaissait depuis quelque temps,
ils furent étonnés d'apprendre que ce qu'ils
avaient cru être un mystère n'en était plus
un depuis long-temps pour eux. Trop prudens et surtout trop clairvoyans pour avoir
abandonné à eux-mêmes ceux auxquels ils
devaient encore quelques conseils et qu'ils
devaient en quelque sorte guider, ces bons
parens s'étaient aperçus de leur amour
avant même que les jeunes gens s'en dou-
tassent. Non-seulement ils l'avaient vu
naître, mais ils l'avaient encore encouragé. Lorsque l'occasion leur en fut offerte,

ils donnèrent leur plein et entier assentiment à deux mariages qui mettaient le
comble à tous leurs vœux.

Depuis longues années il existait entre
les diverses familles de nos jeunes amans
des rapports d'amitié et une similitude de
sentimens qui leur avaient fait désirer de
resserrer encore davantage, s'il se pouvait, la franche et loyale amitié qu'elles
s'étaient vouée l'une à l'autre. Il est facile
de concevoir si, dans de pareilles dispositions d'esprit, on s'amusa à tergiverser ou
à éluder un consentement que depuis long-
temps on brûlait de donner.

Un plein et entier assentiment fut donc
donné à ces deux mariages, dont les apprêts furent immédiatement ordonnés. On
doit d'autant plus croire au double bonheur des intéressés, qu'ils avaient long-
temps appréhendé, tant d'un côté que de
l'autre, de voir apporter quelque obstacle

à une félicité après laquelle ils soupiraient ardemment.

Les apprêts, non plus que la cérémonie nuptiale, ne se firent pas long-temps attendre. Après ce double mariage, il ne fut apporté que quelques légers changemens, toujours indispensables, à la manière de vivre qui primitivement avait été adoptée dans la maison du banquier, où continuèrent à résider les nouveaux époux. L'habitation étant assez vaste et parfaitement distribuée, les deux nouveaux ménages purent s'y loger convenablement et d'une manière assez commode pour ne pas y éprouver la moindre gêne.

Satisfaits de leur nouvelle position, comme aussi des arrangemens récens qui avaient été pris pour continuer à se voir à chaque instant du jour, et, par conséquent, à entretenir ces relations amicales qui, surtout depuis quelque temps, faisaient le

charme de leur existence, les nouveaux
époux virent se resserrer davantage, de
jour en jour, les liens qui les unissaient les
uns aux autres.

L'une de ces circonstances assez ordi-
naires dans la vie, et qui, en se reprodui-
sant journellement, met quelquefois le
comble au bonheur des deux êtres que des
liens indissolubles unissent pour la vie,
devait mettre le complément à tous leurs
vœux. La Providence ne voulut pas les
traiter en marâtre. L'année de miel n'était
pas encore révolue pour eux, lorsque leurs
jeunes compagnes, à un léger intervalle
près, donnèrent chacune le jour à un enfant. Aglaé eut un garçon, et sa sœur Irma
une fille. Le fils de Blinval reçut le nom de
Victor, et l'enfant de son ami Brown fut
appelé Julie.

Après l'heureuse réalisation de leur mariage, aucun événement ne pouvait être

plus agréable à nos deux amis que celui
qui, en leur accordant le titre de père, les
mettait par cela même dans le cas de réaliser des projets conçus long-temps à l'a-
vance. Ils avaient eu l'heureuse idée, si
toutefois leurs vœux étaient exaucés
comme ils venaient de l'être, de cimenter
par l'union de leurs enfans la tendre amitié qu'ils s'étaient vouée les uns aux autres,
et, par cela même, de réunir sur une seule
famille les prétentions et les droits qui
pouvaient s'élever, de part et d'autre, relativement à une fortune qui, ainsi réunie,
devait être immense. Lorsqu'ils virent
qu'une partie de leurs espérances était
réalisée, ils ne doutèrent plus de ce que la
Providence, dans ses décrets toujours immuables, ne voudrait faire pour eux; ils
crurent, non sans quelque raison, qu'elle
daignerait également favoriser des projets
qui leur semblaient si sages.

Madame Brown, d'une santé moins délicate que sa sœur, et néanmoins d'une
constitution faible, voulut prodiguer à sa
fille les premiers soins que réclamait sa
débile enfance, et la nourrir elle-même de
son lait maternel. Les médecins avaient
voulu s'opposer à une pareille résolution,
et blâmé hautement une détermination
qui semblait, d'après toutes les apparences, devoir exercer quelque influence sur
son existence à venir : mais les conseils
et les observations qui lui furent faites à
cet égard, tant de la part de son docteur
que de celle de ses amis et de son époux
lui-même, furent inutiles. Cette jeune
épouse et intéressante mère ne voulut pas
confier à une autre un soin qu'elle reven-
diquait comme son plus beau titre.

Déterminées par un sentiment de con-
descendance, quelque peu empreinte de
faiblesse, les personnes qui la chérissaient

le plus, et qui, par un motif d'intérêt pour elle, auraient dû s'opposer le plus forte-ment à l'exécution d'une pareille résolu-tion, qui devait lui être si contraire, la laissèrent donner un libre cours à ses vo-lontés. Elle ne devait pas tarder à devenir la victime de son généreux dévoûment.

Quant à madame Blinval, beaucoup plus faible encore de complexion que sa sœur, et tout-à-fait dans l'impossibilité de conserver son fils auprès d'elle, elle dut se décider, non sans éprouver quelque regret, à laisser à une autre le soin d'élever celui qu'elle chérissait avec la plus vive ten-dresse.

Telles furent les circonstances qui, en déterminant la remise de Victor entre les mains de Catherine, semblèrent lui présa-ger, ainsi qu'à son époux, un meilleur ave-nir. Doué d'un caractère de probité que plus d'une fois on avait mis à l'épreuve,

Ambroise, dans la personne duquel on avait une entière confiance et qui était le protégé de Blinval, occupait, dans la maison de Dormeuil, l'emploi de garçon de caisse. L'intérêt bien vif qu'il inspirait, par suite de sa position précaire, comme aussi le sentiment de reconnaissance auquel donneraient lieu un jour les soins que sa femme était chargée de donner au fils de son protecteur, étaient les plus sûrs garans qu'il pût avoir d'une récompense honnête. En raison du caractère de générosité de celui duquel il l'attendait, il n'hésita pas à croire que son avenir ne s'en ressentît. Pour la classe du peuple, on le sait, il n'est pas d'idée plus fixe que celle d'avoir, à quelque prix que ce soit, des moyens d'existence dans un âge avancé.

CHAPITRE II.

——

DANS LEQUEL QUELQUES CARACTÈRES SE DESSINENT.

——

Quelques années s'écoulèrent encore dans le charme que procure toujours cette félicité intérieure que ressentent les familles parfaitement unies entre elles. Sous ce rapport, celle de nos différens personnages n'avaient rien à désirer, car elles vivaient dans l'accord le plus parfait. Cependant ce bonheur que l'on goûte et que quelquefois on n'apprécie pas assez est le plus souvent troublé par des événemens indépendans de notre volonté, et que toute la sagacité humaine ne saurait prévoir ni écarter.

Dans un très-court intervalle de temps, l'implacable faux de la mort, qui ne respecte ni ceux qui goûtent une félicité sans nuages, ni ceux qui à chaque instant du jour éprouvent les horreurs d'une affreuse misère, moissonna quelques-uns des membres d'une famille qui, par cela même qu'elle était heureuse, pouvait désirer et espérer en même temps de voir ce bonheur se prolonger encore quelques années.

Par cela seul qu'il est riche, l'homme croit devoir jouir ici-bas de tous les avantages que la Divinité concède à tous les

mortels indistinctement, et être plus particulièrement l'objet de toutes les préroga-
tives. Les puissans de la terre, ceux qui pos-
sèdent de l'or en grande quantité, peuvent
sans doute retarder de quelques instans leur
dernière heure au moyen des soins qu'ils
ont la faculté de se procurer et dont ils
savent s'entourer ; mais, s'il était en leur
pouvoir de ne jamais cesser d'exister, de
ne jamais quitter une terre qui, pour eux,
est ce paradis dont les prêtres nous aba-
sourdissent sans cesse les oreilles, pourquoi, souffrans et malheureux, les infor-
tunés qui ne tiennent à la vie que parce
qu'ils ont toujours l'espoir d'un meilleur
avenir, ne seraient-ils pas en droit d'accuser les immuables décrets de la Providence? Il serait par trop absurde d'émettre
une semblable pensée, et trop vrai de dire
qu'il n'y aurait pas équité de la part du
régulateur de toutes choses.

Madame Dormeuil fut la première victime que la mort cnlcva à l'affection de
son mari et à celle de ses enfans. Aussi
bonne épouse que tendre mère et excel-
lente amie, cette femme vertueuse quitta,
pour passer dans une autre, une vie qu'elle
n'avait fait qu'embellir, et dont tous ceux
qui l'entouraient avaient été à même d'apprécier les charmes. Son époux inconso-
lable, le bon et respectable M. Dormeuil,
succombant sous le poids du vif chagrin
que lui occasiona cette perte douloureuse,
ne survécut que quelques mois à sa chère
compagne.

Une année après, Irma, que sa tendresse
pour sa fille avait pour ainsi dire déterminée à se suicider, succombant sous le
poids d'une excessive faiblesse qu'elle-
même avait provoquée, Irma rendit le dernier soupir dans les bras de son mari, de

sa sœur et de son beau-frère, que cette tri-
ple perte affecta péniblement.

En peu de temps, la mort avait exercé
de biens cruels ravages dans le sein d'une
famille qui, sous plus d'un rapport, goûtait la félicité la plus parfaite. Comme si
elle eût été jalouse de ce bonheur, la Providence s'était lassée d'en être témoin, et
tout-à-coup s'était appesantie sur elle en
la privant de ceux de ses membres qu'elle
affectionnait et honorait en même temps.

Mais y a-t-il stabilité ici-bas, et les hommes doivent-ils compter sur une félicité
sans nuages? Non, très-certainement non;
car les événemens de la vie sont, comme
elle, de ces circonstances qui ne ressortent
pas entièrement du domaine de notre volonté, et qui sont déterminés par une puissance dont à chaque instant nous sommes
contraints de reconnaître la supériorité.

Toutefois, avant de quitter la vie, avant de s'assoupir de ce sommeil qu'on appelle la mort et que le juste seul envisage sans effroi, Irma exigea des siens qu'on lui fit le serment d'unir un jour sa fille à Victor.

C'était prendre l'engagement formel, prématuré même, de réunir ce que peut-être la Providence désunirait dans le cours d'une vie plus ou moins orageuse, et dans laquelle le meilleur pilote est souvent exposé à faire naufrage. Mais on crut ne pas devoir se refuser aux dernières volontés qu'exprimait une femme mourante qu'on affectionnait sincèrement, et on lui promit tout ce qu'elle voulut.

Combien il était incertain qu'il pût jamais se réaliser ce projet aussi follement conçu que difficile à réaliser! car il ne suffit pas toujours de la volonté des intéressés pour mettre à exécution ce qu'on désire le plus. Dans l'espèce de celui dont nous parlons, par exemple, il fallait un concours de circonstances qui ne se rencontrent pas facilement, une conformité de goûts, d'humeur et de caractère qu'on ne prescrit pas au gré de ses désirs, et qui, par suite et en raison de leur peu d'analogie entre les individus, bouleverse, au moment où on s'y attend le moins, l'échafaudage qu'on croyait avoir construit sur les bases les plus solides.

Dès leur plus tendre enfance, Julie et Victor donnèrent les preuves les plus frappantes de leur antipathie l'un pour l'autre. Jamais caractères, en se développant, ne semblèrent plus diamétralement opposés, et devoir faire présager à ceux qui étaient chargés de les élever, comme aussi à ceux qui nourrissaient le fol espoir de les unir un jour, combien il serait peu possible de les marier sans avoir à redouter, pour eux et pour la société même, les malheurs les plus graves.

Autant Julie était douce, bonne et sensible, autant Victor, de son côté, était brusque, méchant, et avait mauvais cœur. Les qualités les plus essentielles, celles qui contribuent si puissamment non - seulement au bonheur de la vie de celui qui les possède, mais encore à celui de toutes les personnes qui en ressentent l'heureux effet, caractérisaient la fille de Brown, tandis que les vices les plus marquans, ceux qui sont l'opprobre de la société et qui font la honte de celui qui en est accablé, se manifestaient tous les jours et de plus en plus dans le cœur et la conduite du fils de Blinval. Malheureux père! à quels chagrins ne semblais-tu pas long-temps à l'avance destiné !..... Peut-être aussi que cet avenir si fertile et si riche en espérances apporterait quelque changement notable dans tous ces défauts, et permettrait de passer outre. Cette pensée offrait du moins quelque consolation à ceux qui étaient intéressés à la voir se résoudre ainsi.

Quoi qu'il en soit, malgré que Victor et Julie montrassent, en grandissant, combien ils différaient l'un de l'autre, et annonçassent également les difficultés qu'on aurait à surmonter ou les sacrifices qu'ils auraient eux-mêmes à faire pour vivre ensemble d'un parfait accord, il fallait, en attendant que le moment de les unir fût venu, songer à leur éducation, comme aussi à les préparer graduellement à ce grand acte de la vie humaine. Lorsque leur âge le permit, Julie fut mise au couvent, et le fils de Blinval fut confié aux soins d'un jeune répétiteur.

Un événement remarquable et bien fait pour déterminer de graves réflexions dans les familles vint, quelque temps après l'admission de Julie au couvent, fixer l'attention de la ville ; mais, avant de le mentionner, il nous semble convenable de faire une courte digression.

Une question fort grave, sur laquelle nous croyons devoir nous arrêter et fixer un instant l'attention, parce qu'elle est plus importante par ses résultats qu'on ne le pense, est toujours restée indécise: il serait temps cependant de la résoudre d'une manière quelconque. Il s'agit de savoir s'il est plus avantageux d'ôter aux femmes la liberté que de la leur laisser : il semble qu'il y a bien des raisons pour et contre, et qu'un Français consulté répondra toujours qu'on ne saurait trop leur en accorder. Mais ce n'est pas seulement en France qu'il existe des femmes; il y en a dans tous les pays, et, dans les divers climats qu'elles habitent, elles contribuent

puissamment au bonheur des hommes et
à la félicité du pays.

Ce n'est donc pas pour la France seulement, pour l'Europe même que nous sou-
levons cette question; nous la faisons dans
l'intérêt général, et principalement dans
celui de l'humanité. Si les Européens disent qu'il n'y a pas de générosité à rendre
malheureuses les personnes que l'on aime,
les Asiatiques répondent qu'il y a de la
bassesse de la part des hommes de renoncer à l'empire que la nature leur a donné
sur les femmes. Si on leur dit que le grand
nombre de femmes enfermées est embar-
rassant, ils répondent que dix femmes qui
obéissent embarrassent moins qu'une qui
n'obéit pas. Que s'ils objectent à leur tour
que les Européens ne sauraient être heureux avec des femmes qui ne leur sont pas
fidèles, on leur répond que cette fidélité

qu'ils vantent tant n'empêche point le dégoût qui suit toujours les passions satisfaites ; que nos femmes sont trop à nous ; qu'une possession si tranquille ne nous laisse rien à désirer ni à craindre ; qu'un peu de coquetterie est un sel qui pique et prévient la corruption.

Peut-être qu'un homme extrêmement sage serait embarrassé de décider ; car si les Asiatiques font fort bien de chercher des moyens propres à calmer leurs inquiétudes, les Européens font fort bien aussi de n'en point avoir.

Après tout, disent les Européens, quand nous serions malheureux en qualité de maris, nous trouverions toujours moyen de nous dédommager en qualité d'amans. Pour qu'un homme pût se plaindre avec raison de l'infidélité de sa femme, il faudrait qu'il n'y eût que trois personnes dans

le monde : ils seront toujours à but quand
il y en aura quatre.

La confiance est donc le meilleur anti-
dote dont puissent faire usage les époux,
et cette vérité semble ressortir naturellement de l'opinion émise sur la scène, en
présence d'un public nombreux, par un
acteur distingué de la capitale, qui préten-
dait qu'il n'y avait dans le monde que
deux femmes honnêtes, la sienne d'abord,
disait-il, et, ensuite, chacun croyait avoir
l'autre.

C'est une autre question, de savoir si
la loi naturelle soumet les femmes aux
hommes. Non, disait un jour un philosophe
très-galant, la nature n'a jamais dicté une
telle loi : l'empire que nous avons sur
elles est une véritable tyrannie ; elles
ne nous l'ont laissé prendre que parce
qu'elles ont plus de douceur que nous, et par

conséquent plus d'humanité et de raison :
ces avantages, qui devaient sans doute
leur donner la supériorité, si nous avions
été raisonnables, la leur ont fait perdre,
parce que nous ne le sommes point.

Or, s'il est vrai que nous n'avons sur les
femmes qu'un pouvoir tyrannique, il ne
l'est pas moins qu'elles ont sur nous un
empire naturel, celui de la beauté, à qui
rien ne résiste. Le nôtre n'est pas de tous
les pays, mais celui de la beauté est uni-
versel : pourquoi aurions-nous donc un
privilége ? Est-ce parce que nous sommes
les plus forts ? Mais c'est une véritable injustice ; nous employons toutes sortes de
moyens pour leur abattre le courage ; les
forces seraient égales si l'éducation l'était
aussi : éprouvons-les dans les talens que
l'éducation n'a point affaiblis, et nous ver-
rons si nous sommes si forts.

Il faut l'avouer, quoique cela choque

nos mœurs, chez les peuples les plus polis
les femmes ont toujours eu de l'autorité
sur leurs maris : elle fut établie par une
loi chez les Egyptiens, en l'honneur d'Isis,
et chez les Babyloniens, en l'honneur de
Sémiramis. On disait des Romains, qu'ils
commandaient à toutes les nations, mais
qu'ils obéissaient à leurs femmes. Nous ne
parlons point des Sauromates, qui étaient
véritablement dans la servitude du sexe :
ils étaient trop barbares pour que leur
exemple puisse être cité.

Mahomet, cet homme dont l'esprit et
l'adresse ne sauraient être révoqués en
doute, a décidé la question, et a réglé les
droits de l'un et de l'autre sexe : Les
femmes, a-t-il dit, doivent honorer leurs
maris, leurs maris les doivent honorer;
mais ils ont l'avantage d'un degré sur elles.
Revenons au fait.

Un rentier, M. Belmond, jouissant d'une

fortune considérable, était resté veuf, peu d'années après son mariage, avec deux enfans en bas âge : un garçon et une fille. Edouard n'avait qu'une année de plus que sa sœur Eliza, et entre eux le frère et la sœur comptaient à peine treize ans, que déjà la nature de l'attachement qu'ils s'é-taient voué l'un à l'autre fit pressentir à l'auteur de leurs jours les malheurs les plus graves. Sans qu'il leur fût possible de s'en douter le moins du monde, en raison de leur adolescence, ces deux enfans ressen-taient déjà l'un pour l'autre le plus violent amour.

La clairvoyance paternelle ne fut pas mise en défaut cette fois, mais sa tendresse pour ses enfans et le rigorisme de ses prin-cipes firent penser, à tort, à Belmond qu'il parviendrait facilement à détourner le malheur dont il semblait être menacé. C'était une erreur de sa part : la nature était plus forte qu'il ne le supposait, et toutes ses prévisions devaient échouer devant elle. Les résultats devaient avoir leur plein et entier effet, et, quoique doué d'une sagacité extraordinaire, il était au-dessus de ses forces humaines de les empêcher : il ne pouvait tout au plus qu'en éloigner le moment.

La pénétration de Belmond ayant été jusqu'au point de découvrir l'espèce d'attachement que se portaient ses deux enfans, le détermina également à écarter de ces créatures, pures encore de tout crime, tout ce qui pouvait entretenir ou encourager une passion aussi funeste que contraire à la nature. Il se résolut à consommer de tous les sacrifices le plus grand qu'il lui fût désormais possible de faire, après celui qu'il avait fait en perdant sa femme, à se séparer de ceux qu'il affectionnait le plus au monde, des seuls êtres qui le faisaient encore tenir à la vie.

Ce projet extrêmement prudent et sage en même temps, qui avait été long-temps mûri à l'avance, fut enfin mis à exécution. Edouard de son côté et Eliza du sien furent renfermés, l'un et l'autre, dans un pensionnat de leur sexe, et vivement recommandés aux chefs des deux institutions, sans toutefois leur dévoiler un secret que, pour l'honneur de la morale, ce trop malheureux père aurait voulu seul connaître et parvenir à cacher à la nature entière.

Ce n'était pas sans raison que Belmond avait pensé que cette séparation était non-seulement utile, mais indispensable : il espérait que l'éloignement, le manque total de relations finiraient par tiédir et même par faire oublier ce qu'il considérait comme n'étant qu'ébauché.

Les difficultés, les obstacles sans nom-

I.   4

bre qu'éprouvent certaines personnes dans
la réalisation de leurs désirs, les por-
tent facilement à renoncer à leurs projets : il en est d'autres, au contraire, chez
lesquelles ces mêmes obtacles ne font que
déterminer un plus fort degré de persévérance, et leur tenacité devient telle que
pour eux il y a nécessité de réussir ou qu'ils
y perdent la vie. Ce dernier sentiment fut
celui qui se manifesta chez nos jeunes
gens.

A peine furent-ils séparés qu'ils sentirent
plus que jamais combien ils étaient nécessaires l'un à l'autre, et que de leur réunion seule dépendait leur bonheur présent et à venir. Pour calmer, autant qu'il
dépendait d'eux, les vives appréhensions
que leur cœur fortement affecté éprouvait
de cette séparation forcée, ils eurent recours et employèrent toutes les ruses usi-
tées dans une pareille circonstance. Tou-

tés celles que leur inexpérience put leur fournir furent tour-à-tour mises en usage; mais elles restèrent sans effet, à cause de l'extrême surveillance à laquelle l'autorité paternelle les avait assujettis.

Ayant obtenu la conviction intime que les agens secrets auxquels ils s'étaient adressés ne les servaient pas avec assez de zèle, ils eurent recours à un échange de lettres. La prudence paternelle, qui veillait continuellement, ne fut pas tout-à-fait encore mise en défaut, et il fut permis à Belmond, en leur en substituant d'autres écrites dans un style tout opposé, de retarder aussi l'effet de l'orage dont les nuages s'amoncelaient chaque jour de plus en plus. Toutefois, cet infortuné père acquit la cruelle certitude des progrès que faisait sur ses enfans cette passion aussi funeste que coupable.

Quelques expressions qu'employaït Eliza

terminant une lettre qu'elle écrivait à son
frère, serviront mieux à constater le degré et la nature de l'attachement qu'elle
lui avait voué, que tout ce qu'on pourrait
dire à cet égard. Les voici : « Adieu, mon
» cher Edouard, adieu ; compte que je ne
» vis que pour t'adorer : mon âme est
» toute pleine de toi ; et ton absence, bien
» loin de te faire oublier, animerait mon
» amour, s'il pouvait devenir plus vio-
» lent. »

L'âme ardente et l'amour désordonné
de la jeune fille pour son frère étaient
tracés, dans ce peu de mots, en caractères
de feu. Il était impossible de supposer, de
la part de celle qui les avait tracés, qu'elle
ferait jamais sur elle-même le moindre
retour : dès-lors il devenait important de
prendre un nouveau parti.

Quelque violent qu'il fût, quelque pénible qu'un père dût trouver d'employer les

moyens rigoureux envers ses enfans, il était urgent d'arrêter un projet quelconque, et de se décider à le mettre à exécution. Ne se faisant aucune illusion sur l'état fâcheux de sa bien triste position, et se soumettant volontairement à toutes les fausses interprétations auxquelles donnerait lieu sa conduite, Belmond résolut de séquestrer sa fille dans un couvent, et de la contraindre, bon gré malgré, à prononcer ses vœux.

Il savait d'avance qu'ignorant dans le monde les motifs d'une pareille détermination, qu'il se promettait de continuer à tenir cachés, on l'accuserait d'avarice ou de prédilection pour son fils, dont on proclamerait qu'il faisait la fortune au préjudice de sa sœur. Quelque pénible qu'elle fût pour un cœur tel que le sien, cette pensée ne put l'arrêter, et, tout en aimant également ses enfans, il se décida à les séparer pour toujours, et à se priver lui-même des consolations qu'il avait osé attendre de sa fille bien-aimée, dont les traits lui remémoraient sans cesse la vivante image de sa femme.

Voulant donc assumer sur lui seul toute la responsabilité et le hideux même de ses actions, si toutefois le public, qui n'est pas toujours juste dans ses jugemens, venait à répandre quelque blâme sur celles qu'il se proposait de faire, Belmond se détermina à persister dans le plan de conduite qu'il s'était tracé. Pour agir avec plus d'efficacité, ses projets furent un mystère pour tout le monde. N'ayant point de confident, il ne crut pas à la possibilité d'une trahison. Il réfléchit de nouveau et long-temps sur les moyens qu'il conviendrait le mieux d'employer, et, après en avoir arrêté quelques-uns dans sa tête qui lui parurent convenables, il se détermina à les mettre à exécution.

Tout en ne négligeant pas les sciences profondes dans lesquelles il avait fait des progrès rapides et obtenu même des succès brillans, Edouard s'était plus particulièrement adonné à la musique et à la peinture. Il s'était tellement enthousiasmé de cette science et de cet art, qu'ils contrebalançaient pour ainsi dire dans son cœur l'amour violent qu'il ressentait pour Eliza, et l'aidaient à supporter avec moins d'aigreur cette bien pénible et cruelle séparation.

Belmond, qui mettait toute sa gloire à bien connaître ses enfans et à contribuer de tout son pouvoir à leur félicité, crut avoir trouvé dans cette nouvelle passion de quoi opérer une diversion utile et assez forte pour la rendre favorable à ses projets. Il proposa à son fils de faire un voyage à Rome, à l'effet d'aller s'y perfectionner

sous les yeux de nos grands maîtres, et d'y
acquérir ce complément auquel l'ambi-
tion du jeune artiste semblait vouloir prétendre.

Les difficultés qu'avait prévues le père
ne se réalisèrent pas, et le fils, beaucoup
plus résigné dans cette circonstance qu'il
n'avait osé l'espérer, accepta, sans faire la
moindre observation, l'obligation d'aller
en Italie. Il ne faut cependant pas con-
clure de cette prompte et facile adhésion
qu'Edouard voulût renoncer en aucune
manière à l'amour qu'il portait à sa sœur:
bien éloigné d'avoir conçu une pareille
pensée, il espérait lui être redevable de
l'accomplissement de ses désirs.

Cette passion, qui, au lieu de s'éteindre,
s'était accrue au fur et à mesure que les
jeunes gens avaient avancé en âge, les
avait non-seulement rendus plus prudens,
mais leur avait encore fait sentir l'obliga-

tion de faire de nécessité vertu, c'est-à-
dire de dissimuler. Belmond put croire à un
retour sur soi-même; mais il eut le bon
esprit de douter d'une parfaite guérison.

Ce fut sous les yeux de leur père, qui ne
les perdit pas un instant de vue, que le
frère et la sœur se firent leurs adieux. Ils
furent tendres, mais ils se ressentirent aussi
de l'état de contrainte que devait inspirer
la présence d'un juge sévère, condamnant
par cela seul une passion illicite.

A peine Edouard se fut-il éloigné des
lieux qui l'avaient vu naître, et eut-il mis
un intervalle de quelques toises seulement
entre sa famille et lui, que son père se
hâta de mettre le complément à son projet. Eliza fut retirée de la pension où elle
avait passé les premières années de sa vie,
et placée dans l'une de ces maisons religieuses qui, quoi qu'on en puisse dire, sont
un véritable fléau pour la société.

En effet, comment un gouvernement sage et fondé sur des principes d'équité peut-il tolérer dans ses États l'établissement de pareils lieux ? Si encore ils étaient réservés au repentir ou à ceux des deux sexes qu'une entière conviction de ne pouvoir être heureux autre part y conduiraient, il n'y aurait absolument rien à dire. Mais, enlevées à leurs plus tendres affections avant même qu'elles aient eu le temps de savoir ce qu'était le monde, les jeunes filles séquestrées dans un monastère, on peut même dire enterrées vivantes, consentent, sans trop savoir pourquoi, à renoncer, bon gré malgré, à tout ce qui contribue si puissamment aux charmes de la vie.

Nous ne parlerons pas de ces vœux, de ces promesses fallacieuses, vrais types de mensonges, que font certains hommes, de cesser d'être ce que la nature les a

faits et ce qu'à chaque instant de leur
vie elle leur rappelle qu'ils sont. En effet, y a-t-il dans le monde quelque chose
de plus ridicule, de plus inconvenant
même, que ces êtres qui font vœu de chas-
teté, de pauvreté et de tempérance ; eux
que chaque instant du jour voit non-seulement faillir, mais encore fausser leurs
sermens? Puisque nous avons parmi nous
des insensés qui ont la sotte vanité de se
croire plus sages que leurs semblables,
c'est à ceux-ci d'en faire bonne justice en
ne se constituant pas dupes de leur char-
latanisme.

Nonobstant la forte pension que Belmond consentit à payer à l'établissement
dans lequel il venait de faire entrer sa fille,
il promit encore de le doter d'une somme
considérable d'argent dans le cas où l'on
parviendrait à la décider à prendre volontairement le voile.

Parmi la gent dévote, on le sait, il n'est
pas nécessaire de se mettre l'esprit à la
torture pour lui faire accepter ce qu'elle
convoite. Malgré des professions de foi peu
équivoques, et qui semblent devoir obliger ceux qui les font à pratiquer certaines
vertus, on s'aperçoit aisément et avec peine
que ce n'est guère que sur les lèvres des
hommes qu'on en trouve les traces, mais
qu'au fond de leurs cœurs il en est peu
de réelles. Quoi qu'il en soit, il suffit de se
dépouiller ici-bas de ce qu'on possède de
terrestre pour en obtenir en échange, nous
dit-on, des bénédictions et des promesses
d'être récompensés dans le ciel des sacrifices qu'on aura faits dans ce bas-monde.
Les premières, quoi qu'on en dise, ne sauraient empêcher de mourir de faim ceux
qu'elles concernent, et il est plus que dou-
teux, pour ne rien dire de plus, de voir jamais les secondes se réaliser.

A peine eut-elle été admise dans la nouvelle maison, qu'on s'empressa de faire
remarquer à la fille de Belmond combien
elle devait se féliciter et se trouver flattée,
en même temps, d'avoir obtenu l'insigne
faveur d'y être reçue. Il n'était permis, lui
dit-on, qu'à un très-petit nombre de personnes appartenant encore aux premières
familles nobles du pays, d'y être admises.
La chose était vraie, sous le rapport du
rang et de la naissance; mais ce n'était
pas là le véritable motif qui avait déterminé le choix de l'auteur de ses jours.
Belmond était trop raisonnable, il avait
même trop d'esprit pour tenir à ces vains
hochets auxquels la sottise et l'orgueil des
niais seuls ajoutent quelque prix; mais il
savait que cette maison s'était acquis quelque célébrité par suite des conversions qui
s'y étaient opérées, et cette raison lui avait

paru suffisante, parce qu'elle pouvait servir à favoriser ses projets.

On employa tous les moyens imaginables de persuasion auprès d'Eliza; on mit en usage tout ce que la bigoterie, le fanatisme même ont été capables d'inventer en roueries de toute espèce, en mensonges mielleux et insidieux ou fausses protestations, pour la détacher des liens qui la faisaient encore tenir à un monde qu'on lui représenta comme éminemment pervers et dangereux. Elle le connaissait trop peu pour faire des observations sérieuses ou présenter une opposition ferme à ce qu'on lui disait. Son père lui en avait continuellement dit le plus grand mal, et son frère, son cher Edouard, le seul être au monde auquel elle tînt d'une manière toute particulière et qui pût l'aider de ses conseils dans cette circonstance, n'était pas là pour

contrebalancer les efforts incroyables qu'on
faisait pour la déterminer. Il semblait que
l'éloignement de ce dernier, l'oubli total
où il paraissait vouloir la laisser sur tout
ce qui pouvait les intéresser réciproquement, en ne lui écrivant pas depuis son
départ, fussent autant de nouveaux motifs qui vinssent la contraindre à accéder, bon gré malgré, à tout ce qu'on
paraissait en désirer. Nous croyons toutefois que ce ne fut pas sans ressentir quelques regrets, peut-être même du dépit
d'aimer un ingrat, qu'elle se rendit aux
vœux de ceux qui journellement la har-
celaient.

Elle prononça enfin ses vœux cette jeune
fille sans nulle expérience, et que ceux qui
en possédaient assez pour la guider dans
le monde n'avaient pas hésité à précipiter
dans l'abîme; car, hélas! que pouvait-elle
espérer, d'après la déclaration solennelle

qu'elle venait de faire aux pieds des autels, si ce n'est, d'après les préceptes mêmes de notre religion, une damnation éternelle?

Il serait difficile, pour ne pas dire impossible, à ces ministres d'un Dieu de paix, de concorde et de tolérance, de prouver la nécessité de se détacher d'un monde dans lequel la divine Providence nous a placés pour nous entr'aider les uns les autres, nous rendre tous les services qui dépendent de nous, et non pas pour la fatiguer sans cesse de nos adorations ou la prier continuellement.

Nous le dirons sans hésiter comme sans crainte d'être démentis ou contredits : ce paradis, dont nous parlent sans cesse et avec satiété ces vils imposteurs, est ici-bas pour les riches qui peuvent et savent seuls se le procurer. Quant à cet enfer dont ils menacent également les hommes, il est en-

core sur cette terre que le malheureux
arrose de la sueur de son corps, ou des
larmes que le chagrin le force à répandre
pour s'y procurer ce morceau de pain que
l'insatiable faim lui fait sans cesse désirer.
La vie, la mort ou l'éternité, comme on
voudra bien l'appeler, ne sont pas, suivant
nous, de ces solutions faciles à donner.

Au surplus, l'extrême ignorance de nos
prêtres, leur fanatisme outré, ou, si on
l'aime mieux, leur intolérance, doivent
continuellement nous prémunir contre
leurs discours; et si toutefois quelques es-
prits faibles sont encore susceptibles de se
laisser entraîner de bonne foi, ce que, dans
le siècle où nous vivons, nous sommes peu
disposés à admettre, il suffira, pour les
éclairer, d'examiner dans la conduite de
nos rigoristes s'ils sont eux-mêmes ce qu'ils
prétendent vouloir faire de nous : de véritables niais. Non, très-certainement non,

ils ne sont pas des imbéciles : il reste seulement prouvé qu'ils sont des fourbes maladroits.

Après avoir obtenu de sa fille, non pas plus qu'un père ne peut espérer de la piété filiale, mais davantage qu'il n'est en droit d'en attendre, satisfait autant qu'il pouvait l'être dans cette circonstance, Belmond s'occupa des moyens de préparer son fils, graduellement et sans trop forte commotion, à la connaissance de cette perte. Tant qu'on ne fit que lui faire pressentir, de la part de sa sœur, une pareille détermination, il ajouta peu de confiance à l'idée de la voir jamais se réaliser; mais lorsqu'il sut que le sacrifice était consommé et qu'il ne lui restait aucun espoir de le faire rétracter, il en fut attéré.

Cependant sa passion désordonnée pour Eliza prenant le dessus, il eut bientôt fait les préparatifs de son départ, dit adieu à la patrie dégénérée des grands hommes, traversé la France, salué de nouveau les bords fortunés de cette Guienne où il avait reçu le jour, et où, pour la première et sans doute la dernière fois de sa vie, il avait ressenti les funestes effets d'un sentiment que les lois humaines et divines condamnent également.

En arrivant sous le toit paternel, aussitôt et d'aussi loin qu'il aperçut l'auteur de ses jours, sans se donner même la peine de s'informer de l'état de sa santé, il demanda dans quel lieu était renfermée sa sœur. Belmond avait prévu la précipitation que mettrait son fils pour retourner en France et la question qu'il lui ferait : dès-lors il avait dû se préparer à y répondre.

Depuis quelques mois, et à dessein, Eliza était partie pour l'Espagne, où elle accompagnait, dans une mission mystique, la

supérieure de sa maison. Quelles que fussent les observations que lui fit son père,
quels que fussent les conseils qu'il pût lui
donner pour le détourner d'un pareil
voyage, tout entier qu'il était à son amour,
et n'écoutant que la force du sentiment
qui l'entraînait vers cette sœur transfor-
mée en amante chérie, il quitta de nouveau son pays natal pour courir sur ses
traces.

L'entreprise qu'avait formée Edouard
de suivre, dans leurs dévotes stations, des
femmes qui n'étaient entrées en Espagne
qu'avec la mission de parcourir tous les
lieux que la dévotion ou plutôt l'ignorance
du peuple de cette péninsule ont permis
au fanatisme monacal d'y former, n'était
pas une chose facile à réaliser. On sait que
le nombre des couvens ou des maisons
religieuses est beaucoup plus considérable
dans ce pays que partout ailleurs; aussi le

frère-amant de la tendre Eliza fut-il contraint de parcourir dans tous les sens ce
pays favorisé du ciel, habité par la fai-
néantise, la misère opulente et orgueil-
leuse, sans pouvoir rejoindre celles qui
semblaient fuir à son approche. Il n'en
était pourtant rien ; car ces dames igno-
raient totalement qu'un cavalier beau et
aimable, transformé en nouveau Roland,
courait après sa fugitive Angélique.

Contraint de voyager par la voie des
muletiers et à petites journées, comme
c'est l'usage dans ce pays, Edouard n'avait
pas toujours pu aller aussi vite qu'il l'aurait
désiré, et pourtant il était parvenu à suivre d'assez près les traces de ces dames
pour espérer de les rejoindre, lorsque, par
l'une de ces fatalités qui semblent réser-
vées aux amans, il fut arrêté à l'entrée des
gorges de la Sierra-Morena par une bande
de voleurs.

C'était par l'une des nuits d'été, si belles en Espagne et si favorables à la marche des voyageurs, à cause de la fraîcheur que l'on ressent et qui diffère si essentiellement des chaleurs accablantes du jour, et au moment où un intervalle de quelques lieues seulement les séparait, lui, le muletier et ses mules, du village de Valdepegnas, qu'à un détour de la route et dans un étroit ravin ils furent assaillis par une douzaine d'hommes qui étaient armés jusqu'aux dents.

Pour ce qui le concerne, il fit bonne contenance ; mais n'ayant pas été secondé par son compagnon de route, qui s'était aussitôt prosterné à genoux et mis à prier Dieu et tous les saints du paradis, ayant même été atteint d'une balle au bras gauche qui lui en avait ôté immédiatement l'usage, il se vit contraint de se rendre à discrétion.

Ces bandits, auxquels les diverses provinces de l'Espagne ou de l'Italie avaient donné naissance, et qui, se livrant exclusivement à la contrebande, joignaient aux bénéfices que leur donnait cet état ceux que, de temps en temps, ils savaient se procurer par la force des armes et sur les grands chemins, faisaient partie d'une troupe nombreuse, la terreur du pays, qui était parvenue jusqu'à ce moment à se soustraire à toutes les poursuites qu'on avait pu diriger contre elle.

Replacé sur son mulet, duquel il avait été contraint de descendre en combattant, et entouré de la bande, Edouard fut conduit, à travers des sentiers et des chemins impraticables, dans une vaste caverne qui servait de retraite aux voleurs.

Un Français, Gustave, qui avait reçu le jour sur les bords de la Durance, et qui avait passé la plus grande partie de sa vie dans le bagne de Toulon, où l'excès de ses crimes l'avait conduit et d'où son adresse l'avait fait s'échapper, commandait la troupe. En raison de la vigoureuse défense qu'il avait opposée, Edouard eut l'insigne faveur de lui être présenté et de recevoir ses félicitations sur ses preuves de courage.

« Elles m'honorent peu, répondit Edouard avec fierté; la seule faveur que j'eusse pu envier, dans cette fâcheuse circonstance de ma vie, c'eût été d'y perdre l'existence ou d'échapper à ta bande. Si j'avais été secondé par ce poltron de muletier, il est vraisemblable que je serais parvenu à me débarrasser de tous les tiens.

—Grand merci de votre courtoisie! dit le muletier; mais, seigneur, j'ai préféré attendre ma liberté de la générosité de ces illustres cavaliers, que de la devoir à une preuve de courage ou d'adresse dont je ne me suis jamais senti moins capable que dans le moment où ils nous ont fait l'honneur de nous accoster sur la grande route et auprès de l'image vénérée de Notre-Dame-des-Sept-Douleurs.

— Et tu as été bien inspiré, Antonio, dit le chef des bandits en retroussant sa longue moustache noire et relevant son manteau sur ses épaules, car tu aurais pu aller rejoindre au même instant ceux que, quelques momens auparavant, nous avons envoyés se baigner dans les eaux du torrent, d'où très-certainement ils n'auront pas l'envie de sortir de sitôt. Quant à toi, jeune homme dont le courage et la fierté me plaisent sans m'étonner, parce que depuis long-temps je suis familiarisé avec eux, tu m'inspires assez d'intérêt pour que je me sente disposé à faire quelque chose qui te soit agréable.

—Je te rends grâces, et suis peu disposé
à accepter.

— Cette fierté que j'admirais tout-à-
l'heure et de laquelle je te complimentais
parce qu'elle avait un motif honorable,
pourrait t'être funeste en ce moment. Je
t'engage donc à réfléchir avant de persister à refuser mes offres. Je suis ton compatriote, et ce motif, plus que tout autre,
comme tu dois le penser, ne saurait te
nuire.

— Que puis-je espérer d'un être tel
que toi?

—Assieds-toi auprès de moi, écoute le
récit que je vais te faire de mes aventures,
et puis ensuite tu me jugeras comme il te
plaira. »

CHAPITRE III.

—

LE BANDIT ET LA FEMME MAURE.

—

« Je suis né dans l'une de ces provinces du midi de la France si célèbres par la beauté de leur ciel, l'excellence de leur température, et où, depuis longues années, la diversité des opinions politiques ou re-

ligieuses a causé des malheurs si graves.
Les gouvernemens qui se sont succédé
n'ont jamais essayé de paralyser les efforts
de ceux qui y allument continuellement
la guerre civile; et si toutefois l'un d'eux
a voulu faire preuve de quelque sollicitude, les moyens dont il a fait usage ont
été tellement mal raisonnés, ou combinés
avec si peu de réflexion, qu'ils n'ont fait
qu'augmenter les maux que ressentaient
les malheureux habitans de ce pays.

» Ma famille appartenait à la religion
réformée : c'est dire qu'à cette circonstance
je suis redevable de toutes mes infortunes.
Les principaux chefs de ma maison, qui
tenaient un rang distingué dans le pays et
qui possédaient des biens immenses, furent
par cela seul impitoyablement massacrés
en 1572, le jour de la Saint-Barthélemy,
et d'après les ordres qu'en avait donnés
Charles IX d'exécrable mémoire.

» N'ayant pas hérité de leur immense fortune, mais si fait bien de leurs principes religieux, je dus naturellement apporter en naissant et voir se développer en moi, au fur et à mesure que je grandissais, un sentiment de haine pour tout ce qui était catholique, pour tous ceux enfin de ces hommes qui, oubliant les préceptes de leur religion, ne s'en souviennent jamais que pour souhaiter ou faire le plus de mal possible à ceux qui en professent une autre.

» Je ne retracerai pas ici les premières années de mon enfance, qui furent toutefois beaucoup plus orageuses qu'elles ne le sont ordinairement à cette époque de notre vie, et qui se passèrent au milieu de ces guerres de parti, de ces émeutes populaires qui ne se renouvellent si souvent que par suite de la faiblesse ou de l'impéritie des gouvernemens. Il me suffira de

dire que les auteurs de mes jours, mes
frères et sœurs, périrent de la main de
leurs concitoyens, et furent impitoyablement massacrés dans une de ces journées
qui, par cela seul qu'elles se reproduisent
trop souvent dans un pays mal gouverné,
ne sauraient être citées comme époque.

» Après cette perte pénible et douloureuse à la fois, le cœur navré et ulcéré en
même temps, je quittai ma ville natale, me
rendis dans les montagnes des Cévennes
qui avoisinent le pays où j'ai reçu l'existence, et me réunis à un certain nombre
d'hommes formés en bandes qui exploi-
taient les grands chemins. Peu de mes
nouveaux compagnons avaient, pour faire
ce métier, des motifs aussi plausibles que
les miens; mais que m'importaient désormais les hommes non plus que les caractères de ceux avec lesquels j'étais contraint
de vivre, pourvu que j'assouvisse ma ven-

geance et ma soif du sang humain ! c'était désormais tout ce que je voulais.

» Pour arriver avec plus d'assurance au résultat du parti que je me proposais de suivre, j'avais conservé des relations avec mes co-religionnaires, et je les aidais souvent, ainsi que mes compagnons, à terrasser le parti opposé. Quoique frappés dans l'ombre, mes coups n'en furent pas moins sûrs. et efficaces ; il en résulta même pour moi que j'acquis une certaine célébrité comme brigand : c'était tout ce que j'ambitionnais.

» Nos rapines et nos assassinats se renouvelèrent si souvent, et le nombre de nos victimes fut si grand, que nous fixâmes l'attention du gouvernement, et qu'il mit à nous poursuivre le plus grand acharnement. La gendarmerie et les faibles détachemens qui voulurent d'abord s'opposer à nos opérations furent culbutés ; dès-lors

on nous opposa des régimens entiers qui,
après maints et maints engagemens où nous
nous battîmes comme des enragés, nous
contraignirent enfin à prendre la fuite, à
notre grand regret. Ce ne fut pas toutefois
sans avoir fait une dernière et vigoureuse résistance dans laquelle nos ennemis
éprouvèrent encore la force de nos bras,
notre adresse à leur porter des coups, et
eurent de nouveau à déplorer la perte d'un
grand nombre des leurs.

» Le capitaine de la troupe ayant été
tué dans cette dernière affaire, j'en fus élu
le chef en raison de mes actions d'éclat.
En cette dernière qualité je prescrivis les
instructions convenables à notre sûreté
commune. Comme il n'était pas prudent
et qu'il nous était même impossible de
voyager plusieurs ensemble, nous nous
séparâmes et nous donnâmes rendez-vous
en Italie. Je me rendis directement à Venise,

où la troupe avait des intérêts à régler et où elle devait également se recruter.

» Venise est une cité tellement extra-ordinaire à cause de sa construction au milieu des eaux, que depuis long-temps on a épuisé tout ce qu'on pouvait avoir à en dire. Je ne parlerai donc que de ce qui m'y est personnellement arrivé. Là, comme dans presque toute l'Italie, les éminens personnages, les riches seigneurs, ont à leurs gages et par conséquent à leurs ordres des valets et des brigands : ces derniers seulement vivent avec eux dans une étroite intimité, parce que, partageant ou favorisant leurs vices, ils pourraient aussi, s'ils ne se protégeaient réciproquement, aller finir leur vie sur l'échafaud.

» Dans notre intérêt commun, je m'étais lié avec plusieurs nobles du pays, et parmi eux, je n'hésite pas à le dire, se trouvaient les personnages les plus élevés en digni-

tés comme en richesses. J'étais connu des
uns et ne l'étais pas des autres : je pas-
sais auprès de ces derniers pour un jeune
comte français qui voyageait pour son instruction et ses plaisirs.

» Je faisais une dépense extraordinaire
et avais un grand train de maison. Mes
ressources étant inépuisables, me rendaient
facile cette manière de vivre, que je trouvais également commode.

» Un soir qu'assez tard et suivant mon
habitude je me retirais à pied d'une réunion brillante dans laquelle j'avais passé
la journée, mon oreille fut tout-à-coup
frappée de plusieurs cris plaintifs qui paraissaient être poussés par quelqu'un auquel on semblait vouloir faire violence :
ces cris me parurent provenir du fond
d'une rue étroite auprès de laquelle je me
trouvais être dans ce moment.

» Poussé par un de ces sentimens qui

ne m'étaient pas naturels, ne pouvant même attribuer mon action qu'à un motif de curiosité, je m'avançai machinalement vers le lieu d'où les plaintes partaient. A mon approche, deux hommes s'enfuirent et laissèrent tomber à terre un fardeau assez lourd qu'ils semblaient emporter avec peine.

» La porte d'une maison placée en face, qui était entr'ouverte et de laquelle jaillissait la faible clarté d'une lampe, me facilita les moyens de m'assurer que l'objet qui avait été laissé dans la rue était un corps humain. M'étant assuré également qu'il donnait encore signe de vie, je pris la lampe et pénétrai dans l'intérieur de la maison. Je traversai plusieurs pièces sans rencontrer qui que ce soit; je parvins enfin dans une dernière chambre fermée à la clé, et dans laquelle, à mon grand étonne-

ment, j'aperçus une femme âgée bâillon-
née et attachée au pied d'un lit.

» Après l'avoir dégagée des liens incommodes qui l'empêchaient d'agir et de parler, je lui demandai à connaître les motifs
qui l'avaient fait mettre dans cet état. Elle
me pria d'abord de lui expliquer comment
j'avais fait moi-même pour parvenir jusqu'à elle, et si, dans ma route, je n'avais
pas rencontré des bandits emmenant de
force une jeune femme. A peine lui eus-je
détaillé et en peu de mots ce dont j'avais
été témoin, qu'elle me pria instamment
de l'accompagner jusqu'au lieu que je lui
désignai, et de l'aider à transporter dans
l'intérieur de la maison le corps duquel je
l'avais entretenu, et qui n'était rien moins
que celui de sa fille.

» Nous parvînmes facilement à faire ce
qu'elle voulait ; et, après avoir détaché les
bâillons incommodes qui gênaient la res-

piration de cette malheureuse femme et la suffoquaient même, à la prière de la mère, je fus barricader la porte de la rue pour empêcher le retour des ravisseurs.

» Lorsque je rentrai dans la chambre où je les avais laissées, je vis que la jeune dame, revenue de son évanouissement, s'était couchée dans le lit et qu'elle s'entretenait avec sa mère, qui était assise auprès d'elle. D'après l'invitation qu'elles m'en firent l'une et l'autre, je pris un siége auprès d'elles et leur demandai s'il n'y aurait pas de l'indiscrétion de ma part à leur manifester le désir que je ressentais de connaître les motifs qui avaient pu donner lieu à l'enlèvement extraordinaire duquel, du moins en partie, j'avais été témoin.

» —Votre question, loin de m'étonner, me semble toute naturelle; et, si vous nous inspiriez moins de confiance par suite de votre air distingué et de votre mise re-

cherchée, me dit la mère, il suffirait de
l'obligation que nous vous avons en ce
moment pour la déterminer. Aussi, en vous
faisant connaître qui nous sommes, n'ai-je
point l'intention de solliciter votre appui ;
car, qui que vous soyez, il vous serait impossible de faire pour des étrangères ce
que les lois protectrices d'un pays assurent
à tous ceux qui viennent indistinctement
y chercher un asile : je ne veux ici que
payer le tribut de la reconnaissance.

» J'ai vu des femmes envier le sort des
hommes.... Ah! ils sont plus à plaindre
que nous! Ils n'ont point de sentimens
qui leur soient propres : mille intérêts les
dominent. Ils se sont faits les chefs de toute
la terre ; mais quelle contrainte les op-
presse, quels soins les occupent, quels devoirs les enchaînent, quelle force les sub-
jugue !

» La société est là tout entière, qui

éclaire leurs actions et leur demande
compte de leurs desseins. Tout se fait par
leur influence ; mais tout languirait aussi
par leur faiblesse. Ils sont blâmés du succès comme de la défaite. Soit qu'ils accordent ou qu'ils refusent, ils ne font que des
mécontens, et, dans le cours de leur pénible carrière, ils sont incessamment heur-
tés par la fatuité, la sottise, la cupidité,
l'ingratitude et la bassesse.

» Notre sexe est mille fois plus indé-
pendant et plus libre. Nous n'avons qu'une
affaire, et cette affaire, c'est l'amour! Le
ciel a tout fait pour nous : c'est à chérir et
à être chéries qu'il nous a destinées. Nos
enfans sont deux fois notre bien ; c'est à
nous qu'ils doivent vraiment le jour, et il
est, je le sens, des plaisirs qui ne sont goûtés
que de nous seules ; il est des cordes qui
ne vibrent que dans le cœur des mères!...

» Ainsi, lorsque je suis plongée dans la

douleur la plus profonde, je me félicite encore et de mon état et de mon existence ! Quelle est donc cette force, cette intelligence qui s'élève au-dessus de toutes les misères de la vie et qui se compose de voluptueuses chimères ? Quel est le secret instinct qui nous attache au monde, et qui nous épouvante par l'aspect de la dissolution ?

» Ces bras, ces yeux, ce cœur plein d'amour, tout doit périr ! Mon âme seule est immortelle...; mais son ignorance égale sa grandeur : au printemps de la vie, comme au déclin de nos jours, rien ne peut nous être révélé par elle, et toute la vaine science dont on se pare ne saurait percer ces impénétrables mystères.

» — Cet exorde, je vous l'avoue, Madame, éveille en moi des sentimens auxquels je suis peu habitué, et redouble ma curiosité.

» — Je vous crois sans peine, et n'ai cependant nulle envie de déprécier, en aucune sorte, la part de mérites que vous pouvez posséder. Veuillez donc, je vous prie, me continuer votre indulgence et votre attention.

» Du temps d'Ouliu-Cheik, il y avait en Afrique une femme nommée Zuléma : elle savait par cœur tout le saint Alcoran ; il n'y avait point de dervis qui entendît mieux qu'elle les traditions des saints prophètes ; les docteurs arabes et maures n'avaient rien de si mystérieux qu'elle n'en comprît tous les sens, et elle joignait à tant de connaissances un certain caractère d'esprit enjoué qui laissait à peine deviner si elle voulait amuser ceux à qui elle parlait, ou les instruire.

» Un jour qu'elle était avec ses compagnes dans une salle de l'intérieur de son habitation, une d'elles lui demanda ce

qu'elle pensait de l'autre vie, et si elle
ajoutait foi à cette ancienne tradition de
nos docteurs, que le paradis n'est fait que
pour les hommes.

» —C'est le sentiment commun, leur dit-
elle. Il n'y a rien que l'on n'ait fait pour
dégrader notre sexe ; il y a même une nation répandue par tout le globe, qu'on
appelle la nation juive, qui soutient, par
l'autorité de ses livres sacrés, que nous
n'avons point d'âme.

» Ces opinions si injurieuses n'ont d'autre origine que l'orgueil des hommes, qui
veulent porter leur supériorité au-delà
même de leur vie, et ne pensent pas que
dans le grand jour toutes les créatures
paraîtront devant Dieu comme le néant,
sans qu'il n'y ait entre elles d'autres pré-
rogatives que celles que la vertu y aura
mises.

» Dieu ne se bornera point dans ses ré-

compenses. Comme les hommes qui auront bien vécu et bien usé de l'empire
qu'ils ont ici-bas sur nous seront dans un
paradis plein de beautés célestes et ravis-
santes, telles que si un mortel les avait
vues, il se donnerait aussitôt la mort dans
l'impatience d'en jouir, de même les
femmes vertueuses iront dans un lieu de
délices ou elles seront enivrées d'un torrent de voluptés avec des hommes divins
qui leur seront soumis; chacune d'elles
aura un sérail dans lequel ils seront enfermés, et des eunuques encore plus fidèles
que les nôtres pour les garder.

» J'ai lu, ajouta-t-elle, dans un livre
arabe, qu'un homme nommé Ibrahim
était d'une jalousie insupportable. Il avait
douze femmes extrêmement belles, qu'il
traitait d'une manière très-dure. Il ne se
fiait plus à ses eunuques ni aux murs de
son sérail, et les tenait presque toujours

sous la clé, enfermées dans leur chambre, sans qu'elles pussent se voir ni se parler ; car il était même jaloux d'une amitié innocente. Toutes ses actions prenaient la teinture de sa brutalité naturelle. Jamais une douce parole ne sortit de sa bouche, et jamais il ne fit un moindre signe qu'il n'ajoutât quelque chose à la rigueur de leur esclavage.

» Un jour qu'il les avait toutes assemblées dans une salle de son sérail, une d'entre elles, plus hardie que les autres, lui reprocha son mauvais naturel. « Quand on cherche si fort les moyens de se faire craindre, lui dit-elle, on trouve toujours auparavant ceux de se faire haïr : nous sommes si malheureuses que nous ne pouvons nous empêcher de désirer un changement. D'autres, à ma place, souhaiteraient votre mort, je ne désire que la mienne, et, ne pouvant espérer d'être séparée de vous

que par là, il me sera encore bien doux
que cette séparation s'accomplisse. »

» Ce discours, qui aurait dû le toucher,
le fit entrer dans une furieuse colère : il
tira son poignard, et le lui plongea dans
le sein. « Mes chères compagnes, dit-elle
d'une voix mourante, si le ciel a pitié de ma
vertu, vous serez vengées. » A ces mots elle
quitta cette vie infortunée pour aller dans
le séjour des délices, où les femmes qui ont
bien vécu jouissent d'un bonheur qui se
renouvelle toujours.

» D'abord elle vit une prairie riante
dont la verdure était relevée par les pein-
tures des fleurs les plus vives ; un ruisseau
dont les eaux étaient plus pures que le cris-
tal y faisait un nombre infini de détours.
Elle entra ensuite dans des bocages charmans, dont le silence n'était interrompu
que par le doux chant des oiseaux : de
magnifiques jardins se présentèrent en-

suite; la nature les avait ornés avec sa
simplicité et toute sa magnificence. Elle
trouva enfin un palais superbe préparé
pour elle et rempli d'hommes célestes des-
tinés à ses plaisirs.

» Deux d'entre eux se présentèrent aussitôt pour la déshabiller; d'autres la mirent dans le bain, et la parfumèrent des
plus délicieuses essences. On lui donna
ensuite des habits infiniment plus riches
que les siens; après quoi on la conduisit
dans une grande salle, où elle trouva un
feu fait avec des bois odoriférans et une
table couverte des mets les plus exquis.

» Tout semblait concourir au ravissement de ses sens. Elle entendait d'un côté
une musique d'autant plus divine qu'elle
était plus tendre; de l'autre elle ne voyait
que des danses de ces hommes divins, uni-
quement occupés à lui plaire.

» Cependant tant de plaisirs ne devaient

servir qu'à la conduire insensiblement à
des plaisirs plus grands. On la mena dans
sa chambre, et, après l'avoir encore une
fois déshabillée, on la porta dans un lit
superbe, où deux hommes d'une beauté
charmante la reçurent dans leurs bras.

» Anaïs (tel était le nom de cette femme
charmante) passa la nuit entière dans un
sommeil profond, qui toutefois fut récréé
par les rêves les plus agréables et les plus
délicieux que sa nouvelle position lui pro-
cura. Tout ceci ne fut interrompu, à son
tour, que par le jour. Ses fidèles et aima-
bles domestiques entrèrent dans sa chambre, l'aidèrent à s'habiller, et la précédèrent
à cette cour idolâtre, où elle parut d'abord
dans les charmes d'un déshabillé simple,
et ensuite couverte des plus somptueux
ornemens.

» Cette nuit l'avait embellie; elle avait
donné de la vie à son teint et de l'expres-

sion à ses grâces: Ce ne fut pendant tout le
jour que danses, que concerts, que festins,
que jeux et que promenades. Enfin, sur
le soir, on la perdit tout-à-fait; elle alla s'en-
fermer dans le sérail, où elle voulait, di-
sait-elle, faire connaissance avec ses cap-
tifs immortels, qui devaient à jamais vivre
avec elle. Elle visita donc les appartemens
de ces lieux les plus reculés et les plus
charmans, où elle compta cinquante es-
claves d'une beauté miraculeuse; elle erra
toute la nuit de chambre en chambre, recevant partout des hommages toujours
différens et toujours les mêmes.

» Voilà comment l'immortelle Anaïs
passait sa vie, tantôt dans des plaisirs
éclatans, tantôt dans des plaisirs solitaires,
admirée d'une troupe brillante, ou bien
aimée d'un amant éperdu. Souvent elle
quittait un palais enchanté pour aller
dans une grotte champêtre. Les fleurs

semblaient naître sous ses pas, et les jeux
se présentaient en foule au-devant d'elle.

» Il y avait plus de huit jours qu'elle
était dans cette demeure heureuse, que,
toujours hors d'elle-même, Anaïs n'avait
pas fait une seule réflexion. Elle avait joui
de son bonheur sans le connaître, et sans
avoir eu un seul de ces momens tranquil-
les où l'âme, pour ainsi dire, se rend
compte à elle-même et s'écoute dans le
silence des passions.

» Les bienheureux ont des plaisirs si
vifs, qu'ils peuvent rarement jouir de cette
liberté d'esprit; c'est pour cela qu'attachés
invinciblement aux objets présens, ils perdent entièrement la mémoire des choses
passées, et n'ont plus aucun souci de ce
qu'ils ont connu ou aimé dans l'autre vie.

» Mais Anaïs, dont l'esprit était vraiment philosophe, avait passé presque
toute sa vie à méditer : elle avait poussé

ses réflexions beaucoup plus loin qu'on
n'aurait dû l'attendre d'une femme laissée
à elle-même. La retraite austère que son
mari lui avait fait garder ne lui avait
laissé que cet avantage. C'est cette force
d'esprit qui lui avait fait mépriser la
crainte dont ses compagnes étaient frappées, et la mort qui devait être la fin de ses
peines et le commencement de sa félicité.

» Ainsi, elle sortit peu à peu de l'ivresse
des plaisirs et s'enferma seule dans un
appartement de son palais. Elle se laissa
aller à des réflexions bien douces sur sa
condition passée et sur sa félicité présente;
elle ne put s'empêcher de s'attendrir sur
le malheur de ses compagnes. On est sensible à des tourmens que l'on a partagés.
Anaïs ne se tint pas dans les simples
bornes de la compassion; plus tendre envers ces infortunées, elle se sentit portée
à les secourir.

» Elle donna ordre à un de ces jeunes hommes qui étaient auprès d'elle de prendre la figure de son mari, d'aller dans son sérail, de s'en rendre maître, de l'en chasser, et d'y rester à sa place jusqu'à ce qu'elle le rappelât.

» L'exécution fut prompte : il fendit les airs et arriva à la porte du sérail d'Ibrahim, qui n'y était pas. Il frappe : tout lui est ouvert ; les eunuques tombent à ses pieds. Il vole vers les appartemens où les femmes d'Ibrahim étaient enfermées, et en ouvre les portes au moyen des clés qu'il avait prises dans les poches de ce jaloux en passant auprès de lui, durant son voyage aérien, et aux yeux duquel il s'était rendu invisible. Il entre, et les surprend d'abord par son air doux et affable ; bientôt après, il les surprend davantage par ses empressemens et par la rapidité de ses entreprises. Toutes eurent leur part de l'étonnement, et elles l'auraient pris pour un songe, s'il y eût eu moins de réalité.

» Pendant que ces nouvelles scènes se jouent dans le sérail, Ibrahim heurte, se nomme, tempête et crie. Après avoir essuyé bien des difficultés, il entre et jette les eunuques dans un désordre extrême. Il marche à grands pas, mais il recule en arrière et reste stupéfait quand il voit le faux Ibrahim, sa véritable image des pieds à la tête. Il crie au secours, il veut que les eunuques l'aident à tuer cet imposteur; mais il n'est pas obéi : il ne lui reste plus qu'une bien faible ressource, c'est de s'en rapporter au jugement de ses femmes.

» Une heure avait suffi au faux Ibrahim pour séduire ses juges; aussi celui qui lui disputait son nom et ses titres fut-il chassé et traîné indignement hors du sérail. Il est même vraisemblable qu'il aurait reçu

la mort, si son rival généreux n'avait or-
donné qu'on lui sauvât la vie.

» Enfin, le nouvel Ibrahim, resté maître
du champ de bataille, se montra de plus
en plus digne d'un tel choix, et se signala
par des miracles jusqu'alors inconnus.
« Vous ne ressemblez pas à Ibrahim, di-
saient ces femmes.—Dites, dites plutôt que
cet imposteur ne me ressemble pas, disait
le triomphant Ibrahim : comment faut-il
faire pour être votre époux, si ce que je
fais ne suffit pas?

» — Ah! nous n'avons garde de douter,
répondirent les femmes, d'une commune
voix. Si vous n'êtes pas Ibrahim, il nous
suffit que vous ayez si bien mérité de
l'être; vous êtes plus Ibrahim en un jour,
qu'il ne l'a été dans le cours de dix années.

» — Vous me promettez donc que vous
vous déclarerez en ma faveur contre cet
imposteur?

» — N'en doutez pas. Nous vous jurons une fidélité éternelle, nous n'avons été que trop long-temps abusées. Le traître ne soupçonnait point notre vertu, il ne soupçonnait que sa faiblesse. Nous voyons bien que les hommes ne sont point faits comme lui; c'est à vous, sans doute, qu'ils ressemblent : si vous saviez combien vous nous le faites haïr!

» — Ah! je vous donnerai souvent de nouveaux sujets de haine ; vous ne connaissez pas encore tout le tort qu'il vous a fait.

» — Nous jugeons de son injustice par la grandeur de notre vengeance.

» — Oui, vous avez raison, j'ai mesuré l'expiation au crime. Je suis bien aise que vous soyez contentes de ma manière de punir.

» — Mais, si cet imposteur revient, que ferons-nous?

» — Il lui serait, je crois, difficile de vous tromper. Dans la place que j'occupe auprès de vous, on ne se soutient guère par la ruse; et d'ailleurs, je l'enverrai si loin, que vous n'entendrez plus parler de lui. Pour lors, je prendrai sur moi le soin de votre bonheur, je ne serai point jaloux, et je saurai m'assurer de vous sans vous gêner. J'ai assez bonne opinion de mon mérite pour croire que vous me serez fidèles : si vous n'étiez pas vertueuses avec moi, avec qui le seriez-vous? »

» Cette conversation dura long-temps entre lui et ces femmes, qui, plus frappées de la différence des deux Ibrahim que de leur ressemblance, ne songeaient pas même à se faire éclaircir de tant de mystères.

» Enfin, le mari désespéré revint encore les troubler ; il trouva toute sa maison dans la joie, et les femmes plus incré-

dules que jamais. La place n'était pas
tenable pour un jaloux. Il sortit furieux,
et un instant après le faux Ibrahim le
suivit, le prit, le transporta dans les airs,
et le laissa à quatre cents lieues de là.

» O dieux! dans quelle désolation se
trouvèrent ces femmes pendant l'absence
de leur cher Ibrahim! Déjà leurs eunuques avaient repris leur sévérité naturelle,
toute la maison était en larmes : elles s'i-
maginaient quelquefois que tout ce qui
leur était arrivé n'était qu'un songe; elles
se regardaient toutes, les unes les autres,
et se rappelaient les moindres circonstances de ces étranges aventures.

» Il revint enfin, ce cher Ibrahim, plus
aimable encore qu'il ne l'avait été; il sembla même à ces femmes que son voyage
n'avait pas été pénible. Le nouveau maître
tint une conduite si opposée à celle de
l'autre, qu'elle surprit tous les voisins. Il

congédia tous les eunuques, rendit sa maison accessible à tout le monde, et ne voulut pas même souffrir que ses femmes se voilassent. C'était une chose non-seulement singulière, mais rare, que de les voir dans les festins parmi des hommes et aussi libres qu'eux. Ibrahim crut avec raison que les coutumes du pays n'étaient point faites pour des citoyens comme lui.

» Cependant il ne se refusait aucune dépense ; il dissipa avec une immense profusion les biens du jaloux, qui, de retour, trois ans après, des pays lointains où il avait été transporté, ne trouva plus que ses femmes et trente-six enfans. »

» Cet Ouliu-Cheik duquel je vous ai parlé au commencement de ma narration, était dey d'Alger, et cette Zuléma, qui n'est autre que moi, était sa femme. J'essayais, ainsi que je viens de vous le prouver, de charmer la monotonie du sé-

rail de mon époux par des lectures ou
des dissertations utiles et d'un intérêt
général.

» Quoique je sois née dans un pays où,
par suite de nos mœurs, les personnes de
mon sexe jouissent de beaucoup moins
de liberté qu'en Europe, néanmoins, par
suite des principes de mon mari et de sa
philosophie, qui différaient essentiellement de la plupart de nos compatriotes,
je me trouvais être la plus heureuse des
femmes. Contre l'usage introduit parmi
nous, mon époux n'avait que moi pour
compagne, et s'il conservait un sérail, ce
n'était que par un motif de pure forme,
de simple convenance, et pour ne pas
contrevenir ouvertement aux ordres du
Prophète.

» De mon mariage était résultée une
fille à laquelle nous donnâmes le nom de
Zachi. Les bons génies présidèrent sans

doute à sa naissance; car elle resserra, s'il se peut, davantage, entre son père et moi, les liens qui nous unissaient déjà si étroitement. Je ne voulus confier à qui que ce fût la créature que Dieu m'avait donnée. Ce fut du sein maternel que ma fille reçut les premiers alimens nécessaires à la vie; je voulus aussi lui prodiguer moi-même ces soins efficaces qui contribuent au développement de notre débile enfance, et qu'une bonne mère, peu disposée à perdre ce titre, revendique toujours, comme étant l'un des plus beaux apanages que la nature puisse lui donner.

» Rien désormais ne pouvait manquer à ma félicité : telle, du moins, était ma pensée; car je semblais destinée à faire preuve que tous les mortels indistinctement ne doivent pas avoir leur part de tribulations.

» J'étais adorée de mon époux, et le pos-

sédais sans partage. Ma fille, de laquelle
je ne m'étais jamais séparée, avait grandi
sous mes yeux : je l'avais vue embellir en
grâces et en attraits, comme aussi j'avais
été témoin du développement de ses idées.
Zachi devait être un jour le modèle de
son sexe, comme elle l'était des bonnes
filles : son éducation ne laissait rien à
désirer, car il était peu de sciences qu'elle
ne connût, et peu d'arts d'agrément
qu'elle ne possédât à la perfection. Que
pouvais-je désirer? Mais, hélas! les décrets
de la divine Providence ne sont-ils pas
immuables comme elle? et peut-on dire
qu'il y ait rien de stable ici-bas?

» Non loin d'Alger, et sur les bords de
l'Arratch, nous possédions une fort belle
maison de campagne, dans laquelle j'avais
l'habitude, tous les ans et à une certaine
époque, d'aller passer quelques jours avec
les femmes du sérail. Lorsque ses occupa-

tions le lui permettaient, le dey venait nous
y trouver, et y faisait un séjour plus ou
moins long. Là, nous n'étions pas assujé-
ties, comme à la ville, à cette règle sévère
qui astreint les personnes de mon sexe à
une réclusion continuelle ; et cette raison,
comme vous devez bien le penser, nous
déterminait à nous dédommager ample-
ment, et dans les vastes jardins de cette
agréable habitation, des instans d'ennui
ou de contrainte que nous pouvions ressentir dans d'autres lieux.

» Cette époque tant désirée de nous procurer les délices de la campagne était enfin
arrivée, et nous goûtions depuis peu de
jours, ma fille et mes compagnes, ceux de
notre nouvelle position. Vers le milieu de
la nuit, nuit à jamais présente à ma pensée et fatale à mon bonheur, puisqu'elle
m'arracha pour toujours à ma félicité, je
fus tirée d'un songe agréable qui me la

retraçait voluptueusement, et réveillée en
sursaut par des cris épouvantables.

» La seule chose qu'il me fut possible de
faire dans une circonstance où mes sens,
je dirai même toutes mes facultés, se trouvèrent totalement comprimés par je ne
sais trop quelle raison, ce fut d'ouvrir les
yeux, de me mettre sur mon séant, et
d'attendre qu'on vînt me dire ce dont il
s'agissait. Je ne restai pas long-temps dans
cette position ni dans cet état d'une bien
pénible incertitude ; car, au même instant,
je vis entrer dans ma chambre Salem, le
nègre et le favori du dey, celui qui était
plus spécialement attaché à notre service
particulier.

» Ce domestique fidèle m'apprit, en peu
de mots, que Mulem-Assep, l'un des agas
ou généraux de mon mari, et duquel nous
avions toujours soupçonné les perfides intentions depuis qu'ayant demandé la main

de Zachi, nous la lui avions refusée, était parvenu, au moyen d'un parti de mécontens qu'il avait soudoyés, à assassiner le dey et à faire massacrer le petit nombre d'amis qui avaient essayé de le défendre. Le déloyal Mulem - Assep s'était déterminé à cette action infâme par suite de son ardent désir d'avoir entre ses mains le pouvoir suprême, et de se venger de nos refus qui l'avaient humilié : il s'était immédiatement fait proclamer dey.

» Comme il était vraisemblable que ce traître n'en resterait pas là, et que, pour affermir son pouvoir, il poursuivrait ses projets de vengeance jusque sur les personnes qui étaient plus ou moins attachées à mon mari, le bon et fidèle Salem, connaissant les détours d'un souterrain qui conduisait du palais à la maison où nous étions, et qui abrégeait de beaucoup la longueur de la route, était accouru pour m'en tenir informée, et contribuer autant qu'il dépendrait de lui à nous sauver du danger immédiat qui nous menaçait les uns et les autres.

» Avant d'arriver jusqu'à nous, et presque aux portes de la maison où nous étions dans la sécurité la plus parfaite, Salem avait aperçu des cavaliers que des torches éclairaient dans leur marche, et qui se dirigeaient en toute hâte vers le lieu que nous habitions. Pressentant le danger qui nous menaçait, ce brave esclave avait pressé sa marche de manière à devancer le plus qu'il pourrait l'arrivée des satellites de notre ennemi.

» Salem fut assez heureux pour réussir dans ce projet, et je lui fus redevable de nouveaux services, car il avait emporté de la Cas-Back une cassette dans laquelle le dey renfermait nos bijoux les plus précieux. Il fit en outre et à la hâte remplir

quelques coffres de l'or et des diamans que
je possédais, y joignit les objets de première
nécessité pour mon usage et celui de ma
fille, fit charger le tout sur des mulets,
sceller des chevaux, et ne se présenta devant moi que pour m'offrir de nous accompagner, ma fille et moi, dans la fuite que
nous devions immédiatement effectuer.

» Comme il est facile de le penser, nous
n'hésitâmes pas à profiter des moyens qui
nous étaient offerts de nous soustraire à la
fureur de Mulem-Assep. Nous montâmes
immédiatement à cheval, sans nous mettre
nullement en peine de remplir les forma-
lités prescrites par notre religion, et qui
consistent à ne voyager que sur des litières
ou dans des boîtes lorsqu'il s'agit de traverser des rivières, afin de ne pas nous
montrer en public : du reste, la nuit était
des plus sombres.

» Nous arrivâmes sur les bords de la mer

avant le lever du soleil, et nous nous em-
barquâmes immédiatement à bord de l'un
des bâtimens que mon mari tenait toujours
sur la côte à notre disposition. Le capitaine
du navire m'étant entièrement dévoué et
le vent étant des plus favorables, nous
mîmes à la voile sur-le-champ et cinglâmes
vers les côtes d'Italie, où nous arrivâmes
après une courte et fort heureuse traversée.

» Nous séjournâmes d'abord quelques
mois dans un petit village situé sur les
bords de la mer, et qui, placé sur une émi-
nence, entouré d'un site magnifique, offrait
à la vue un coup d'œil des plus agréables.
Des fermes dont les alentours annonçaient
que la main de l'homme ne restait pas
oisive, et quelques cabanes de pêcheurs
placées çà et là, donnaient à ce pays un
aspect vraiment charmant. La satisfaction
que nous ressentions de l'habiter était telle

qu'il est vraisemblable que nous n'aurions
de long-temps quitté l'asile dont nous
avions fait choix, si des circonstances bien
impérieuses et imprévues n'étaient venues
nous imposer la nécessité d'en partir.

» Ainsi que les probabilités de notre position devaient le faire penser et que cela
se pratique journellement parmi les regni-
coles comme parmi les étrangers, avides
qu'ils sont de connaître un pays et d'en
apprécier les usages, nous allions, ma fille
et moi, nous promener très-souvent dans
la campagne. Non-seulement nous parcourions le pays dans tous les sens, mais
encore nous entrions dans l'intérieur des
chaumières, véritable séjour de l'indigence
et de la vertu, pour écouter les récits que
nous faisaient ces bons habitans de leurs
plaisirs ou de leurs peines, et, autant qu'il
dépendait de nous, nous partagions les uns
et soulagions les autres.

» Vers le déclin de l'une de ces belles
journées d'automne qui nous préparent, par
une transition progressive, à envisager avec
moins de déplaisir la saison des frimats,
Zachi et moi retournions au village que
nous habitions. Comme nos précédentes
journées, celle-ci s'était passée en actes de
bienfaisance de notre part, en expressions
de reconnaissance et en remercîmens de
la part de ceux que nous avions été assez
heureuses pour obliger.

» Emportant avec nous de toutes les sa-
tisfactions la plus grande, celle d'avoir été
utile à son semblable, ma fille et moi nous
nous entretenions du bonheur que nous
procurait notre manière de vivre, lorsqu'un
étranger que nous n'avions jamais remarqué nous salua et nous demanda la per-
mission de continuer à faire avec nous le
reste du trajet que nous avions encore à
parcourir pour nous rendre au village.

» Cette demande avait été faite avec tant de grâce et de politesse; l'étranger, vêtu avec recherche, paraissait avoir si bon ton et des manières si distinguées, que nous crûmes devoir adhérer à sa prière.

« Ces dames sont étrangères, sans doute, et n'habitent le pays que depuis peu de temps ?

» — Oui, monsieur.

» — Il n'est pas étonnant que je n'aie pas joui plus tôt de l'avantage de vous rencontrer, car je ne suis moi-même ici que depuis aujourd'hui.

» — Vous êtes donc aussi étranger ?

» — Oui, mesdames.

» — L'Italie est-elle votre patrie ?

» — Venise est la ville où j'ai reçu le jour. Des circonstances graves, des motifs d'intérêt me conduisent dans ce pays où vraisemblablement je serai contraint de faire quelque séjour. Si, pendant ce temps, il

m'était permis d'avoir l'honneur de vous
présenter mes hommages, et de contribuer,
autant qu'il dépendrait de moi, à vous
procurer quelque agrément dans un pays
qui en offre si peu, je bénirais l'heureux
hasard qui m'y a conduit fort à propos. »

» Cet échange de politesse, ou, si vous
l'aimez mieux, de paroles insignifiantes
que se font où se tiennent entre elles des
personnes qui se voient pour la première
fois, en était là lorsque nous arrivâmes
devant notre demeure. Nous prîmes congé
de l'étranger. Toutefois, et comme la dame
veuve propriétaire de la maison, et qui
nous en louait une partie, était assise à
l'entrée de notre habitation, d'après l'invitation qu'elle nous en fit avec beaucoup
de grâce, nous nous assîmes auprès d'elle
et y tînmes un très-court entretien que
je crois cependant devoir vous rapporter.

« Est-ce que par hasard vous connaî-
triez monsieur le comte ?

» — Nous ignorons entièrement qui est
la personne avec laquelle nous venons de
nous entretenir quelques instans ; mais
s'il faut la juger par ses manières distinguées et les expressions recherchées dont
elle s'est servie, ce ne peut être qu'un
homme bien élevé et d'une haute naissance.

— » On voit, mesdames, que vous avez
le tact sûr, car il est fils unique du vieux
comte Spontini.

— » Quel est donc ce comte Spontini
duquel tout le monde ici nous entretient
sans cesse ?

— » C'était l'un de nos plus riches et
vénérés seigneurs. Après avoir eu une
large part à toutes les faveurs de la cour,
je ne sais trop pourquoi il s'en vit tout-à-
coup privé ; mais vous savez que les gran-

deurs de la terre ont peu de durée : heureux encore quand les mortels qui en
jouissent ne se les voient pas enlever
avant d'avoir quitté la vie !

— » Hélas ! oui.

— » Je connaissais beaucoup, de son
vivant, ce respectable seigneur.

— » Il est donc mort?

— » Oui, car sans cela il serait ici. Tous
les ans et pour la belle saison, accompagné de sa respectable dame, ce vénérable
seigneur avait l'habitude de venir passer
quelques mois dans ce magnifique château que vous apercevez de vos croisées, et
qui n'est qu'à une très-petite distance du
village.

— » Est-ce que la comtesse serait également morte?

— » Il paraît que oui, puisque le jeune
comte Fernando, duquel nous avions seulement entendu parler, mais que nous

n'avions jamais vu ici, parce que, dès son
bas âge, il fut envoyé en France pour y
faire ses études, vient tout exprès, à ce
qu'on dit, pour régler dans le pays des af-
faires d'intérêt qui ont rapport à la prise
de possession des titres et propriétés de sa
famille. »

» Nous en demeurâmes là de notre entretien, parce que d'abord madame Pe-
trucci, notre propriétaire, n'en savait pas
davantage, et parce qu'ensuite nous n'a-
vions que faire de plus amples détails. Il
nous suffisait seulement, et pour le moment, de savoir que celui qui sollicitait la
faveur de nous voir et de s'entretenir avec
nous méritait notre estime et notre considération.

» Tout en continuant à vivre comme
nous l'avions toujours fait depuis que nous
étions sur les côtes de l'Italie, et dans le
lieu où, sans motifs quelconques, nous

avions fixé notre résidence, nous eûmes l'occasion de voir souvent le comte, soit chez nous, soit dans nos promenades, et de nous convaincre tous les jours, et de plus en plus, de son rare mérite. Je crus même m'apercevoir qu'un motif autre que celui de faire diversion à nos ennuis réciproques l'attirait auprès de nous, et ce motif me sembla être celui de son amour pour ma fille.

» Comme la clairvoyance et la tendre sollicitude d'une mère ne saurait jamais, en pareille circonstance, être mise en défaut, et que je connaissais parfaitement le cœur de Zachi; qu'il importait en outre et beaucoup à notre commun bonheur que j'apprisse de sa bouche même ce qu'elle pensait du comte, je l'interrogeai avec assez d'adresse pour ne pas lui laisser croire, dans le cas où elle l'ignorerait encore, que je m'étais aperçue du sentiment qu'elle lui inspirait. Avec sa candeur et sa naïveté habituelles, ma fille n'hésita pas à me faire descendre avec elle jusque dans le fond de son cœur, et à me convaincre par cela même de son entière indifférence.

» Cependant ce que j'avais prévu long-temps à l'avance se réalisa. Un jour que le comte Fernando Spontini me trouva seule chez moi, il m'adressa quelques questions au sujet des projets que je pouvais avoir sur ma fille, et finit même par me demander sa main. Je ne lui cachai pas qu'ayant dans le caractère et les principes de Zachi la plus entière confiance, je ne la contraindrais jamais en rien ; que, dans un engagement comme celui duquel il me parlait, et d'où devait dépendre son existence à venir, il y aurait surtout témérité de ma part à intervenir différemment que pour donner des conseils, déterminés par mon expérience, mais que les devoirs d'une bonne mère devaient se borner là.

» Le comte, qui n'avait rien à objecter à une pareille profession de principes, me promit de s'y conformer et de chercher par cela même à plaire à ma fille. Quelque temps après j'appris de la bouche même de Zachi qu'il l'avait, mais vainement, essayé, et qu'elle lui avait répondu de manière à lui laisser peu d'espoir de réussir jamais.

» Surpris d'une réponse à laquelle il ne s'attendait certainement pas, et à laquelle sans doute il était peu habitué, le comte en exprima quelque mécontentement, mais ne discontinua cependant point pour cela ses visites. Bien loin de là, elles devinrent plus fréquentes ; seulement, il eut l'attention de ne plus ramener nos entretiens sur un sujet qui, parce qu'il avait été mal accueilli dans le principe, semblait non-seulement être épuisé, mais aussi ne plus devoir être traité.

» Cette conduite d'un homme auquel peut-être tout avait cédé jusqu'à ce moment nous étonna également toutes deux, je dois l'avouer, et aurait fini, je crois, par lui mériter, sinon l'amour, du moins l'estime de ma fille, si le comte n'eût quelquefois trahi le fond de son caractère. Il y perçait de temps à autre, et sans doute bien malgré lui, une humeur et quelque chose de brusque qui tenait d'une rudesse peu ordinaire aux personnes qui ont été bien élevées.

» Dans cet état de choses, et voulant, autant qu'il dépendrait de moi, mettre un terme à une position qui devait être embarrassante pour tous, je me décidai à quitter notre premier asile et à me mettre enfin à parcourir un pays duquel j'avais très-souvent entendu parler, et que,

Zachi et moi, nous brûlions également de connaître plus particulièrement.

» Cependant notre tranquillité exigeait, du moins je le pensais ainsi, que nous quittassions le village en secret et sans même en tenir informé le comte, dont le caractère altier s'était plus d'une fois et depuis peu montré entièrement à découvert.

» Prévoyant, non-seulement une rupture, mais encore quelque chose de pire de la part d'un homme dont la fougue des passions se dessinait de jour en jour davantage, et en raison des contrariétés qu'il éprouvait, je résolus dès-lors de faire en silence mes préparatifs de départ.

» J'envoyai Salem à la ville la plus voisine pour y acheter une chaise de poste commode, nous préparer les moyens de nous éloigner, et puis ensuite nous faciliter ceux de voyager. Cet esclave fidèle, qui

avait été élevé dans le sérail, parlait plusieurs langues, et dans la circonstance où
nous étions placées, celle-là nous fut de la
plus grande utilité. Il acheta trois chevaux
et le nombre de mulets nécessaire au
transport de nos bagages, et puis ensuite
les amena dans un lieu voisin de celui où
nous étions. Quelques pièces d'or nous as-
surèrent le secret, qui avait été demandé
en échange.

» Lorsque je jugeai que le moment était
favorable, nous nous mîmes en route au
milieu d'une nuit très-sombre, et, comme
si nous eussions commis quelque crime,
nous hâtâmes, autant que cela fut possible,
la marche de notre petite caravane. Ce ne
fut cependant que vers le milieu de la
journée que nous arrivâmes à la ville, où,
après avoir vendu nos chevaux et mulets
à très-bas prix, nous nous remîmes en
route d'une manière beaucoup plus com-

mode et plus prompte : je veux dire que nous voyageâmes en poste.

» Cette manière de voyager ne laisse pas que d'avoir beaucoup d'agrémens; car, passant rapidement les lieux qui ne nous offraient aucun charme, nous avions le soin de nous arrêter dans ceux qui nous en promettaient. C'est ainsi que Zachi eut souvent recours à ses pinceaux, et qu'elle retraça, sous mes yeux, les sites magnifiques que le beau ciel de l'Italie présente, à chaque pas, à l'œil du curieux voyageur.

» Je n'entreprendrai pas de vous décrire ici les lieux que nous parcourûmes, et que sans doute vous connaissez et appréciez comme ils doivent l'être. Je vous dirai seulement que nous fûmes saisies d'une espèce de ravissement qui tenait du délire, lorsque, pour la première fois, nous vîmes ces lieux célèbres que l'impartiale histoire représente comme ayant été tour-

à-tour le théâtre des plus sanglans ex-
ploits et la source des arts et des sciences.

» Nous fîmes plusieurs stations d'assez
longue durée dans les villes les plus re-
marquables, et formâmes une collection
de dessins représentant les plus beaux
paysages ou les sites les plus agrestes.

» Par suite de cette espèce de prédilection, ou, si vous l'aimez mieux, de cette
destinée qui préside ou accompagne continuellement les actions de notre vie, nous
avions tout vu, excepté la cité merveilleuse.
De toute l'Italie, Venise était la seule ville
que nous n'eussions pas encore visitée.
C'était par là, je crois, que nous devions
terminer l'examen de toutes les mer-
veilles que la Providence s'est plue à dé-
ployer dans ce nouvel Eden.

» Ainsi qu'il vous est facile de le penser,
nous ne voulûmes pas nous priver du
plaisir d'accorder notre part d'admiration

I.   9

à une ville si curieuse. Nous y vînmes,
non pas avec l'intention d'y faire un court
séjour, mais avec celle d'y fixer pendant
quelques années notre résidence. Lorsque
nous pénétrâmes dans son sein, notre projet fut entièrement confirmé par le résultat de la première impression que nous
ressentîmes.

» Nous choisîmes pour l'habiter le quartier le plus calme de la ville, par conséquent celui qui était le plus éloigné des
palais. Le désir de pouvoir, à notre aise
et sans être remarquées, parcourir les divers établissemens qui étaient susceptibles
de fixer notre attention, comme aussi de
vivre dans le plus parfait isolement lorsque nous le jugerions à propos, fut le seul
motif qui détermina notre choix.

» C'est dans la maison même où nous
sommes réunis en ce moment que nous
avons vu s'écouler plusieurs années passées

dans les charmes de la parfaite harmonie
qui existe entre ma fille et moi. C'est ici
que, reportant souvent sur le passé un re-
gard observateur, nous l'avons contemplé
avec calme, mais sans être le moins du
monde effrayées de l'avenir.

»Toutefois, et malgré cette espèce d'isolement auquel nous nous étions volontairement condamnées par goût en arrivant
ici, nous jouissions de temps à autre de ces
plaisirs bruyans sans lesquels les personnes
mondaines ne sauraient exister. Les talens
que possède Zachi, et que j'ai tenu à perfectionner, nous faisaient d'ailleurs un devoir de ne pas tout-à-fait nous éloigner
du monde; et dans les cercles brillans où
nous sommes allées ensemble, elle a plus
d'une fois captivé sa part des suffrages que
notre sexe ne répudie pas facilement. Je
vous avoue même que j'étais plus fière de
ses succès que ma fille; mais n'étais-je pas

aussi sa mère, et peut-on reprocher à celle
qui a conçu de contempler son ouvrage ?

»De toutes les probabilités la plus facile à
concevoir est précisément celle qui arriva,
c'est-à-dire que les talens, les grâces et la
beauté de ma fille devinrent le sujet de
toutes les conversations qui se tenaient
dans les salons de Venise, et qu'on désira
la voir et la connaître plus particulièrement.

» Quelquefois, vous le savez, l'imagination s'exalte au récit que l'on entend : on
croit facilement à un degré de perfection
qui rarement s'atteint, et qui, par cela
même qu'il est rare, pique davantage
aussi notre curiosité. Mais ici le contraire
arriva ; car toutes les prévisions se réalisèrent, et l'on pensa généralement que
Zachi méritait tout le bien qu'on s'était
accordé à en dire.

» Ainsi donc, bals, concerts et spectacles

furent quelquefois visités par nous, non
pas avec l'intention habituelle d'y être
remarquées, mais avec celle, bien plus
utile, d'y acquérir seulement une parfaite
connaissance d'un monde qu'il faut voir
de très-près pour être plus à même de le
juger. Vous le dirais-je ? la pensée que me
suscita ce que je fus dans le cas de voir ou
d'entendre fut de m'apercevoir que, généralement parlant, la société ne se compose en grande partie que de comédiens
intéressés à jouer un rôle plus ou moins
important, j'ajouterai même plus ou moins
faux ; car il y a dans le caractère des
hommes beaucoup plus de dissimulation
ou de fourberie que de vérité ou de franchise.

» Au milieu de ces plaisirs tant vantés,
de ces sensations diverses ressenties, dans
le monde, par ceux qui mettent à les goûter une haute importance, il est une pas-

sion, entre autres, de laquelle je n'ai jamais beaucoup pu me rendre compte : je veux parler de celle du jeu. Ce n'est, je le sais, ni le lieu ni le moment de me livrer à une digression sur un sujet quelconque; mais ce vice m'a inspiré un si grand dégoût pour ceux qui sont assez malheureux de l'avoir, que je ne puis m'empêcher, et bien malgré moi, de vous l'exprimer.

» Il m'a paru que le jeu était très en usage non-seulement en Italie, mais encore dans toute l'Europe, et que c'était un état d'être joueur. Ce seul titre tient lieu de naissance, de bien, de probité; car il met tout homme qui le porte, et sans aucun autre examen, au rang des honnêtes gens. Quoiqu'il n'y ait personne qui ne sache qu'en jugeant ainsi il s'est très-souvent trompé, on est convenu d'être incorrigible.

» Les femmes principalement m'ont paru y être très-adonnées : il est vrai

qu'elles ne s'y livrent guère, dans leur
jeunesse, que pour favoriser une passion
plus chère; mais à mesure qu'elles vieil-
lissent, leur passion pour le jeu semble ra-
jeunir et finit par remplir tout le vide des
autres. Elles veulent ruiner leurs maris,
et, pour y parvenir, elles ont des moyens
pour tous les âges, depuis la plus tendre
jeunesse jusqu'à la vieillesse la plus décré-
pite : les habits et les équipages commen-
cent le dérangement, la coquetterie l'aug-
mente, le jeu l'achève.

» J'ai vu souvent neuf ou dix femmes, ou
plutôt neuf ou dix siècles, rangées autour
d'une table; je les ai vues dans leurs espérances, dans leurs craintes, dans leurs
joies, surtout dans leurs fureurs. Vous auriez dit qu'elles n'auraient jamais le temps
de s'apaiser, et que la vie allait les quitter
avant leur désespoir. Vous auriez été en
doute si ceux qu'elles payaient étaient

leurs créanciers ou leurs légataires. Enfin,
j'ai vu tant de contrastes ou de malheurs
causés par cette abominable et infernale
passion, que j'ai ressenti pour elle la plus
antipathique aversion.

»Quoi qu'il en soit des vices de mes semblables, je vous prie pourtant de croire
que je n'ai point la ridicule prétention de
vouloir les rendre meilleurs, non plus que
de les corriger radicalement. Je laisse les
hommes tels qu'ils sont, ou tels que la
nature les a créés, et n'apprécie les choses
qu'à leur juste valeur.

» Une pareille façon de penser, qu'il ne
me fut pas toujours facile de cacher, comme
aussi les perfections qu'on avait remarquées chez ma fille, nous valurent à l'une
et à l'autre les honneurs d'une célébrité
peu commune, que les femmes coquettes
recherchent, mais que celles qui sont
douées d'un peu de modestie n'ambition-

nent jamais. Vous devez penser que nous fûmes effrayées de celle que, bien involontairement, nous avions acquise : mais il n'était plus possible de reculer; nous dûmes en accepter et subir même toutes les conséquences.

» Par suite de cette réputation colossale, nous fûmes entourées, pressées et sollicitées en même temps par cette foule d'oisifs dont la société est obstruée sans cesse, et qui ne ressemblent que trop à ces plantes parasites dont on se débarrasse le plus vite possible par la crainte qu'on éprouve de les voir nuire aux autres. Zachi fut principalement l'objet des adulations de toute espèce, et l'on sait assez ordinairement à quoi tendent celles que votre sexe prodigue quelquefois assez légèrement au nôtre. Je refusai pour ma fille toutes les demandes qu'on me fit de sa main, parce que son cœur était totalement resté indifférent aux sentimens qu'elle avait inspirés.

» Les habitans de ce pays sont ardens, susceptibles de promptement s'enflammer; mais, à ce qu'il semble, ils n'aiment pas à rencontrer des obstacles. Telle est, du moins, la façon de penser qu'il m'est permis d'émettre en considérant en ce moment la tentative d'enlèvement que vous venez de faire échouer; car il m'est impossible de qualifier différemment l'action infâme, ou, si vous l'aimez mieux, la conduite scandaleuse qui vient d'être tenue, je ne sais par qui, à l'égard de ma fille. »

CHAPITRE IV.

—

QUI FAIT SUITE AU PRÉCÉDENT.

—

« J'avais écouté dans le plus grand recueillement ce que la veuve du dey d'Alger venait de me raconter : depuis longtemps elle avait cessé de parler que j'écoutais encore, tant j'avais été frappé de ce qu'elle m'avait dit et de la fermeté de son caractère. Tout-à-coup je sortis de cet état de stupeur, et, m'apercevant que les regards de ces dames étaient fixés sur moi et qu'elles attendaient sans doute que je prisse une détermination quelconque, je me résolus à remercier Zuléma du témoignage de confiance qu'elle venait de m'accorder et à lui promettre de m'en montrer digne. Je promis également de saisir toutes les occasions qui s'offriraient à moi de leur être agréable ou utile à l'une ou à l'autre.

» Cependant, comme la nuit était très-avancée, que le jour n'allait pas tarder à paraître, et qu'il aurait été beaucoup plus qu'inconvenant que je sortisse de la maison à la vue d'un public toujours disposé à médire de son semblable, je me déterminai à prendre congé de ces dames. Toutefois, je les priai de vouloir bien me per-

mettre d'avoir l'honneur de les visiter.
Cette faveur m'ayant été accordée, je sortis
immédiatement de chez elles.

» Rentré chez moi, je cherchai vainement à me procurer le repos nécessaire
aux fatigues de la nuit, et, contraint malgré moi à veiller, je m'y livrai à une infi-
nité de réflexions plus bizarres les unes
que les autres. Je suis forcé d'en convenir,
au milieu d'elles le bout de l'oreille se
montra; je veux dire que je résolus de
m'emparer des richesses que ces femmes
avaient eu l'imprudence de me déclarer
posséder, et, pour y parvenir, je me sentis
capable de tout.

» Agir de la sorte, n'était-ce pas un tour
de mon métier, et ne pouvais-je pas d'ailleurs, et sans employer la force, réussir
dans cette entreprise qui ne nous offrait
rien que de très-ordinaire? J'avais des gens
adroits et dévoués; il ne fallait autre chose

que de la ruse; et, comme c'était notre état
de n'en pas manquer, je me résolus à en
user comme devant plus particulièrement
concilier tous les intérêts.

» Lorsque je jugeai le moment favorable, quand il me fut permis de penser que
rien ne s'opposait à ce que je fisse ma visite, je me présentai chez ces dames. La
servante, qui vint m'ouvrir la porte, me
dit que ses maîtresses étaient au salon, et
m'indiqua en même temps le chemin qui
devait m'y conduire. En y entrant, et
comme je n'avais pas été annoncé, je vis
Zuléma brodant un ouvrage de tapisserie
et assise auprès de sa fille qui faisait de la
musique.

» Placée auprès d'une harpe d'Erhard,
de laquelle elle tirait les sons les plus har-
monieux, tout en exécutant avec précision
et un rare talent un morceau de l'un de
nos grands maîtres, Zachi, vêtue d'une

simple robe de mousseline blanche, ayant
une ceinture rose qui lui serrait le corps,
et ses cheveux relevés par un peigne en
écaille, laissait apercevoir l'élégance de sa
taille, la beauté de son bras, la blancheur
de sa main et la petitesse de son pied. Une
glace qui m'était opposée, et vers laquelle
elle était tournée en ce moment, me re-
flétait la régularité des traits de son visage.

» Loin de me montrer insensible à tant
de charmes et à un si beau talent, je restai ébahi, me contentant de regarder et
d'admirer à la fois l'objet qui, à lui seul,
réunissait tant d'avantages. Toutefois, et
lorsque cette nouvelle Euterpe eut terminé son exécution, je ne pus m'empêcher
d'applaudir spontanément. Je réprimai
cependant ce mouvement involontaire,
lorsque cet astre radieux, se retournant
de mon côté, m'aperçut et se leva, ainsi
que sa mère, pour me recevoir.

» Un sourire enchanteur erra sur les
lèvres de Zachi, lorsqu'avec une physionomie de satisfaction et de bienveillance
tout à la fois, la veuve du dey d'Ager s'a-
vança vers moi et me présenta à sa fille
comme leur commun sauveur. Je reçus
l'accueil le plus flatteur, le plus encoura-
geant, et cependant je fus timide, mal-
adroit et maussade en même temps. D'où
pouvait venir cet embarras? je n'en sais
vraiment rien. Tout ce qu'il m'est permis
de dire, c'est que dans aucune circonstance de ma vie je ne m'étais montré si
inférieur à un autre être, et que la vue seule
comme aussi les paroles de cette jeune fille
m'avaient semblé appartenir à quelque
chose de surnaturel. Je crus un instant
aux enchantemens d'Armide.

» J'avais cependant formé une résolution le matin, et à peine quelques heures
s'étaient écoulées depuis qu'elle m'avait

été suscitée par un esprit infernal, que
déjà la vue d'un ange de candeur et de
beauté me la faisait rejeter bien loin de
moi. Oui, ce projet de nuire était avorté;
je le sentais; comme aussi il m'était bien
démontré que désormais je serais dans
l'impossibilité d'agir sous d'autres inspira-
tions que celles que me suggèrerait Zachi.
Je paraissais destiné, condamné même à
lui obéir en toutes choses.

» Je pris congé de ces dames, emportant
au fond de mon cœur un sentiment qui
devait pour toujours le maîtriser. Je les
quittai, il est vrai, mon corps s'en éloigna,
mais désormais dépendant d'une femme
et ne possédant plus cette indépendance
de caractère qui avait toujours fait mon
bonheur. Mon cœur n'était plus à moi.
Zachi, Zachi, vous m'aviez pour toujours
assujéti.

» Souvent, trop souvent peut-être pour

mon repos, je visitai ces femmes; car je
sortis toujours d'auprès d'elles avec le regret de les quitter si tôt et le besoin pressant de les revoir le lendemain.

» L'assiduité de ma conduite, quelques
expressions échappées inconsidérément
çà et là, et pourtant recueillies avec soin,
firent soupçonner à Zuléma que j'aimais
sa fille. Elle m'en parla un jour que nous
étions seuls, et je lui avouai naïvement ce
qui se passait au fond de mon cœur. Cette
confiance parut lui être agréable; elle m'en
remercia, me déclara que cette union lui
ferait plaisir, mais qu'il fallait, avant d'y
songer, parvenir à plaire à celle qui en était
l'objet. Ce désir était trop naturel et trop
en harmonie avec le mien pour que je le
jugeasse le moins du monde susceptible de
la moindre observation; aussi je n'en fis
aucune, et promis de redoubler d'efforts
pour me faire remarquer.

» L'engagement formel que j'avais pris
n'était pas facile à réaliser : je le savais, le
considérais même comme impossible à
remplir, et, néanmoins, je n'avais pas hésité à le prendre, tant je tenais à ne pas
renoncer au doux espoir que je nourrissais au fond de mon cœur et duquel j'at-
tendais, par suite d'un retour sur moi-
même, ce bonheur qui continuellement
avait fui à mon approche.

» Oui, je sentais que Zachi pouvait me
rappeler à mes devoirs, à l'honneur et à
cette vie enfin qui a tant de charmes pour
l'homme de bien et qui est un véritable
enfer pour celui dont l'âme timorée lui
présente à chaque instant le tableau ef-
frayant de ses bassesses ou de ses crimes.
J'étais dans ce dernier cas, et mon bon
génie, sous la forme gracieuse de cette
femme adorée, devait me réconcilier
avec moi-même et par suite avec Dieu.

» Telles étaient, cependant, les pensées qui se manifestaient en moi pendant qu'épris des charmes et des talens de cette femme aimable et belle en même temps, je nourrissais le fol espoir de parvenir un jour à m'en faire. aimer. Hélas! combien j'étais loin de posséder tout ce qu'il faut pour plaire, et, avant d'arriver à captiver un cœur, par combien d'épreuves ne devais-je pas passer! à combien d'espèces de tribulations ne devais-je pas être soumis!

» Par suite de l'assentiment qu'elle m'avait donné, la veuve du Dey m'ayant encouragé à faire ma cour à sa fille, je n'hésitai pas à confier à celle-ci, dans un aveu naïf, la nature et la sincérité du sentiment qu'elle m'avait inspiré. Je reçus pour réponse la déclaration franche et irrévocable, me dit-elle, que j'avais des droits à sa reconnaissance pour le service que je lui avais rendu, et méritais, par

suite, son estime ; mais que son cœur et sa
main ne seraient jamais à moi.

» La manière avec laquelle cette réponse me fut faite, le langage expressif
mais honnête avec lequel Zachi m'exprima ses regrets de ne pouvoir me payer
de retour, et je puis même dire le ton
ferme qu'elle employa, semblaient m'ôter
tout espoir, et cependant j'osai douter
encore de mon malheur. Priver un malheureux de l'espoir d'un meilleur sort
est, on le sait, mille fois plus cruel pour
lui que de lui ôter à l'instant même la
vie. Je crus avoir un rival et un rival préféré : cette pensée, que le refus de Zachi
me suscita, détermina immédiatement
en moi l'idée d'un nouveau plan de conduite, et je me résolus tout aussitôt à le
suivre.

» Je feignis de me croire honoré du
titre d'ami de la maison, et comme il n'é-

tait pas prudent, d'après ce qui s'était passé précédemment, de dire que je n'étais plus amoureux, je fis dépendre de l'avenir une modification à l'arrêt que j'avais entendu avec une apparence de calme qui était loin d'être réelle.

» De tous les désappointemens, on le sait, celui d'un amant jaloux est le pire de tous, et je ne crois pas qu'il existe au monde de position plus insupportable que celle-là. Cependant cette passion ou, si on l'aime mieux, cette espèce de frénésie exerce dans le monde plus ou moins d'influence sur le caractère des hommes, qui n'est pas le même partout. On est peu jaloux en France; on l'est beaucoup en Italie et en Espagne; on l'est encore davantage en Asie et en Afrique.

» Les Français ne parlent presque jamais de leurs femmes, parce qu'ils ont peur d'en parler devant des gens qui les con-

naissent mieux qu'eux. Il y a parmi eux
des hommes très-malheureux que personne ne console, ce sont les maris jaloux;
il y en a que tout le monde hait, ce sont
les maris jaloux; il y en a que tous les
hommes méprisent, ce sont encore les
maris jaloux.

» Aussi n'y a-t-il point de pays où ils
soient en si petit nombre que chez les
Français. Leur tranquillité n'est pas fondée
sur la confiance qu'ils ont en leurs femmes ; c'est, au contraire, sur la mauvaise
opinion qu'ils en ont. Toutes les sages précautions que les Asiatiques emploient à
l'égard des femmes, les voiles qui les cou-
vrent, les prisons où elles sont détenues,
la vigilance des eunuques, leur paraissent
des moyens plus propres à exercer l'industrie du sexe qu'à la lasser.

» Les maris prennent en France leur
parti de bonne grâce, et regardent les in-

fidélités comme des coups d'une étoile in-
évitable. Un mari qui voudrait seul posséder sa femme, serait regardé comme un
perturbateur de la joie publique et comme
un insensé qui voudrait jouir de la lumière du soleil, à l'exclusion des autres
hommes.

» Dans ce pays de France, si vanté et
surtout tant prôné en raison de sa galan-
terie envers le sexe et de son urbanité envers les étrangers, un mari qui aime sa
femme est considéré comme un homme
qui n'a pas assez de mérite pour se faire
aimer d'une autre. On lui reproche d'abuser de la nécessité de la loi pour suppléer
aux agrémens qui lui manquent, et de se
servir de tous ses avantages au préjudice
d'une société entière. On l'accuse de s'ap-
proprier ce qui ne lui avait été donné
qu'en engagement, et d'agir, autant qu'il
est en lui, pour renverser une convention

tacite qui fait le bonheur de l'un et de l'autre sexe. Ce titre de mari d'une jolie femme, qui se cache en Asie avec tant de soin, se porte en France sans inquiétude : on s'y sent en état de faire diversion partout.

» Dans ce pays, un homme, qui en général souffre les infidélités de sa femme, n'est point désapprouvé ; au contraire, on le loue de sa prudence : il n'y a que les cas particuliers qui déshonorent. Ce n'est pas qu'il n'y ait en France des dames vertueuses, il y en a en très-grand nombre, et l'on peut même dire qu'elles sont distinguées ; mais elles sont généralement si laides qu'il faut être un saint pour ne pas haïr la vertu.

» D'après l'opinion que j'émets des mœurs de mon pays, on s'imagine facilement que mes compatriotes ne s'y piquent guère de constance. Ils croient qu'il est aussi ridicule de jurer à une femme qu'on

l'aimera toujours, que de soutenir qu'on
se portera toujours bien ou qu'on sera
toujours heureux. Quand les Français
promettent à une femme qu'ils l'aimeront
toujours, ils supposent que, de son côté,
elle leur promet d'être toujours aimable,
et si elle manque à sa parole, ils ne se
croient plus engagés à la leur.

» Quoique né dans ce beau et bon pays
de France, dans cet Eldorado asile du bon
ton, du bon goût et des beaux sentimens,
je fus atteint d'un si haut degré de jalousie que je me crus plutôt Italien ou Espagnol, Asiatique ou Africain que Français.
Cependant, je sentis la nécessité d'user de
beaucoup de prudence pour cacher à tous
les yeux que j'éprouvais ce funeste sentiment; et comme j'avais assez l'habitude de
donner à mes traits la teinte que je voulais, je donnai à ma physionomie l'expression de la bonhomie.

» Il me fallut redoubler d'attention et de prévenances, sans avoir cependant l'air d'y mettre de l'affectation, parce qu'avec une pareille conduite, de ma part, je trouvais bien plus facilement les motifs d'une apparence spécieuse pour rester continuellement dans la société de ces dames. Elles aimaient les spectacles et les fêtes publiques; je profitai de cette circonstance et de la confiance qu'elles paraissaient avoir en moi, et de laquelle, à chaque instant du jour, elles me donnaient des témoignages non équivoques et publics, pour réclamer la faveur de les accompagner et d'être ce qu'on appelle vulgairement en Italie leur cavalier servant.

» Le 8 septembre de chaque année on célèbre à Naples la fête de Notre-Dame à Piedi-Grotta avec une pompe extraordinaire. Les Napolitains ont tant de vénération pour cette solennité, que leurs filles se réservent expressément, dans leur contrat de mariage, qu'elles y seront conduites par leurs époux la première fois que cette fête sera célébrée après leur union.

» Quoique je ne fusse pas encore époux, que j'aspirasse seulement à le devenir, et comme plusieurs fois nous nous étions entretenus de cette fête religieuse; que ces dames m'avaient même avoué qu'elles ne seraient pàs fàchées d'être témoins de ce qui se faisait à Naples dans cette circonstance, je n'hésitai pas à leur offrir de les y accompagner; ce qu'elles acceptèrent.

» Nos préparatifs de départ se firent immédiatement, et nous partîmes peu de jours après celui où nous avions résolu ce voyage. Comme notre absence de Venise ne devait avoir qu'une bien faible durée, nous n'emportâmes avec nous que ce qui nous était d'une absolue nécessité pour paraître décemment dans une ville où il devait y avoir une si grande réunion d'étrangers. Nous fîmes route dans une chaise de poste commode, et tardâmes peu à arriver.

» L'éclat donné, cette année, à la cérémonie justifia pleinement notre désir. Le roi et sa cour se rendirent, selon l'usage, dans des voitures de gala, au temple de la Madone. Toutes les troupes réunies à Chiaja, pour attendre Sa Majesté, précédèrent et suivirent le cortége; l'immense population de Naples et des environs, accourue à cette fête, rendit ce spectacle bien plus imposant. Tous les bâtimens de la marine royale, pavoisés et embossés sur le bord de la mer en face des portiques du temple, annoncèrent, par des salves d'artillerie, la part que les marins prenaient à l'allégresse publique.

» Vingt-quatre heures avaient suffi pour

nous faire jouir dans la ville de Naples
du coup d'œil magnifique et imposant à
la fois que procure aux habitans comme
aux étrangers la solennité de cette fête.
Déjà nous avions repris la route de Venise et parcourions de toute la vitesse des
chevaux l'espace qui nous en séparait,
lorsque tout-à-coup notre voiture fut ar-
rêtée par plusieurs hommes armés et que
je me vis contraint de combattre, après
avoir mis pied à terre, pour repousser la
force par la force.

» Aidé du brave Salem, l'esclave noir
deces dames, et du postillon, je soutins
assez avantageusement le combat, et malgré que nous n'eussions pas pour nous la
force numérique, je parvins, des deux
premiers coups de pistolet, à étendre
morts sur la poussière les deux plus fou-
gueux assaillans. Je mis ensuite l'épée à la
main, et, me servant alternativement de

cette arme et de ma dague, de laquelle je me servais assez bien, je réussis à mettre encore hors de combat plusieurs de nos ennemis.

» Mais enfin la supériorité du nombre, comme aussi les efforts inouis que nous faisions pour nous défendre contre un ennemi qui, comme le phénix, semblait renaître de ses propres cendres, augmentèrent à un tel degré, à ce qu'il paraît, les forces de nos adversaires, que je vis tomber à mes pieds et presque en même temps mes vaillans compagnons.

» Loin de me sentir faiblir par cet important et fatal échec, je redoublai d'audace et d'efforts; mais ils étaient désormais inutiles et superflus.

N'ayant plus à lutter qu'avec moi, qui leur disputais pied à pied le terrain, et qui, par suite des efforts inouis que je continuais à leur opposer, leur paraissais disposé à faire payer chèrement l'avantage qu'ils venaient de remporter; mes assaillans, furieux d'une résistance à laquelle sans doute ils étaient peu habitués, se précipitèrent tous ensemble sur ma personne.

Quoique mon sang jaillît de toutes les parties de mon corps, je me défendais encore courageusement, lorsque je tombai percé d'une balle.

CHAPITRE V.

—

—

« Lorsque je revins à moi, je me trouvai dans une cabane de pêcheurs, étendu sur la paille et recevant les soins que les malheureux habitans de cette triste demeure me prodiguaient à l'envi l'un de l'autre.

I.   11

L'abondance du sang que j'avais perdu
par suite de mes blessures avait été tellement copieuse, à ce qu'il paraît, que j'étais
réduit au plus grand état de faiblesse possible; car, lorsque je voulus essayer de me
mettre sur mon séant, il me fut impossible de bouger de place, et mes yeux seuls,
en s'ouvrant, prouvèrent à mes sauveurs
que les précautions qu'ils avaient bien
voulu prendre pour me rappeler à la vie
n'avaient pas été superflues.

» L'un des individus qui m'environ-
naient et qui, par son âge et le respect
dont les autres l'entouraient, me parut
être le maître de la cabane, était un homme
d'une haute stature et à longs cheveux
blancs qui descendaient assez bas sur ses
épaules. Dans le moment même où je re-
couvrai mes sens, il me parut occupé à
captiver l'attention de l'auditoire qui, assis
et entourant un foyer établi au milieu

de la chambre, écoutait attentivement le récit qu'il faisait et qui me concernait, ainsi que je l'ai appris depuis. Le mouvement que je fis sur mon grabat, en sortant de l'état de léthargie dans lequel j'étais tombé, en occasiona un de curiosité bien prononcé sur toutes les physionomies, et celui que déjà j'avais si bien distingué s'avança vers moi en mettant un doigt sur sa bouche et me disant de garder le silence, attendu qu'il était nécessaire à mon entier et prompt rétablissement.

« Je sais, me dit-il, et par expérience, que lorsqu'on a échappé comme vous à un danger immédiat et vu la mort d'aussi près, on doit être bien aise de connaître quels sont les moyens qui ont été employés pour nous y arracher, comme aussi d'apprendre par quel concours de circonstances on se trouve placé dans un autre lieu que celui où l'on croyait se retrouver.

En peu de mots je vais satisfaire à ce désir bien naturel, en vous priant toutefois et d'avance de vouloir bien ne pas rompre le silence qui vous est prescrit, ne pas non plus vous affecter de votre position, qui n'a plus rien de dangereux si vous voulez être raisonnable, et croire aussi que nous continuerons, quoique pauvres, à vous prodiguer tous les soins qui dépendront de nous.

» Ainsi qu'il vous est loisible de le penser en jetant un coup d'œil sur ces murs et en regardant ces filets, je suis pêcheur de mon état et vis avec ma famille du montant que me rapporte chaque jour ce que je retire de la mer. Quelquefois ma journée est lucrative ; mais le plus souvent elle ne me procure que ce qui est indispensablement nécessaire à nous empêcher de mourir de faim ou de misère. Nous n'en sommes pas moins respectueusement

soumis aux divins décrets de la Providence, et, quoique bien malheureux, nous
ne poussons point de plaintes stériles, je
dirai même inutiles ; car, quoi qu'on en
puisse dire, on ne vit jamais la Divinité accorder quelque chose aux prières : telle
est, du moins, mon opinion.

» Ma femme, ma fille, mon fils, et puis
mon gendre, que vous voyez réunis ici en
ce moment, composent toute ma famille, et
non moins que moi doués d'une sage philosophie et nullement envieux de ce qu'ils
ne peuvent avoir, partagent mes fatigues
et m'aident à supporter cet état d'extrême
pénurie.

» Spoletto, mon gendre, et Vicenti, mon
fils, revenaient ensemble, il y a trois jours,
de la ville voisine, où ils ont l'habitude
d'aller vendre notre pêche, quand, arrivés
en face de la chapelle de San-Jacobo et
au lieu où la route forme le coude près du

ruisseau, ils aperçurent couchés et gisans sur la poussière plusieurs cadavres. Un sentiment d'horreur et d'effroi involontaire fut d'abord celui qui se manifesta en eux, puis ensuite l'idée de s'éloigner d'un lieu qui venait d'être, sans doute, témoin de quelque crime énorme. Revenant cependant à des pensées plus humaines et plus en rapport avec la circonstance, pensant qu'il dépendait peut-être de leur volonté de rendre quelques services à leurs semblables, ils se décidèrent à s'assurer si parmi les victimes qui gisaient là il ne s'en trouverait pas quelqu'une à laquelle des soins pourraient être nécessaires pour les rappeler à la vie.

» Tous ces divers cadavres étaient mutilés et tellement couverts de sang qu'il était impossible de voir sur leurs traits et de reconnaître même à leurs vêtemens à quelle classe de la société ils pouvaient appartenir.

» Mes enfans cherchèrent à s'assurer si quelqu'un d'eux donnait encore signe de vie, et si, au moyen de soins efficaces, on pourrait parvenir à les rappeler à l'existence : le froid glacial de la mort s'en était emparé. Un seul, cependant, le dernier, et c'était vous, semblait, aux faibles battemens de son cœur, leur faire présager la possibilité d'être rendu à la vie.

» Un ruisseau, je l'ai dit, coulait auprès d'eux; ils y furent puiser l'eau nécessaire pour laver vos blessures; puis ensuite, et avec leurs mouchoirs, ils bandèrent les plaies, et vous portèrent ici sur un brancard qu'ils firent avec de jeunes arbustes arrangés pour cet usage. Le trajet n'était par très-long; vous arrivâtes ici, où nous nous sommes empressés de vous prodiguer tous les soins qui dépendaient de nous et que votre état malheureux réclamait d'une manière bien impérieuse.

» Quoique vous fussiez dans un état d'extrême faiblesse, je n'en parvins pas moins
à vous rappeler à la vie au moyen de cordiaux que je vous ai fait avaler durant
votre léthargie, qui a duré quarante-huit
heures, et des soins particuliers qu'en ma
qualité d'ancien praticien, je vous ai prodigués. Il est bon que vous sachiez aussi,
et cela pour votre tranquillité, qu'avant
d'être réduit au triste état où vous me
voyez j'avais exercé la chirurgie et la médecine ; que je n'ai quitté cette profession
et renoncé à la société que parce que j'ai
trouvé dans mes semblables un sentiment
d'égoïsme, beaucoup de méchanceté, et
plus que cela encore, une grande dose
d'ingratitude.

» Il fallait, en effet, que la science de
mon docteur chirurgico-médico-pêcheur
fût bien grande, puisque trois semaines de
séjour chez lui suffirent pour cicatriser en-

tièrement mes blessures, et qu'un mois
après, ayant entièrement recouvré mes forces, il me fut loisible de quitter l'asile où
l'hospitalité avait été si généreusement
exercée envers moi. Toutefois, et comme
ma bourse ne m'avait pas été enlevée, ce
qui me prouvait que nous n'avions pas eu
affaire à des voleurs, je payai largement
mes hôtes libérateurs, les remerciai de
leurs soins généreux, et pris ensuite la
route de Venise, où je ne tardai pas à arriver.

» J'étais impatient de savoir ce qu'é-
taient devenues la veuve du Dey et sa fille,
comme aussi de connaître quels avaient
pu être les auteurs et les motifs de la singulière et cependant bien tragique atta-
que dont nous avions essuyé le choc violent.

» A mon arrivée, je trouvai chez moi
quelques lettres qui me tenaient informé

de divers événemens survenus à ma troupe pendant mon absence, et, entre autres, de celui où quelques-uns de mes gens avaient été tués en me combattant sans pourtant me connaître. Celui-là était précisément le seul qui m'intéressât, du moins pour le moment; aussi je mis tous mes soins à en recueillir les moindres détails.

» J'appris que les hommes qui avaient agi dans cette affaire étaient nouvellement enrôlés dans la troupe et qu'ils avaient été employés par le comte Spontini, l'un de nos affidés. Cette circonstance de ne m'avoir jamais vu, non plus que de savoir contre qui ils agissaient, avait donné lieu à cette méprise, et expliquait suffisamment comment j'avais failli devenir la victime de ceux-là mêmes desquels j'étais plus particulièrement craint et respecté tout-à-la-fois. Mais il me restait à connaître quels étaient les motifs qui avaient pu déterminer le comte à en agir ainsi envers moi.

» En réfléchissant un peu, et reportant mes souvenirs vers le passé, je me rappelai que, dans sa narration, Zuléma m'en avait parlé comme d'un homme qui avait sollicité la main de sa fille; qu'il avait même, et par suite de son ardent amour pour elle, tourné ensuite en jalousie lorsqu'il eût éprouvé un refus formel de cette dernière, donné lieu au changement de résidence que furent obligées d'effectuer ces dames. Cette circonstance bien présente à ma mémoire, et ce que je connaissais en particulier par ouï-dire de la conduite de Fernando, actuellement comte Spontini, et de son caractère, fut pour moi un trait de lumière qui me détermina à me rendre immédiatement chez celles qui pouvaient détruire ou bien confirmer mon opinion.

» Mais qu'on juge de mon étonnement
lorsqu'en arrivant à la maison qu'habitaient ces dames, les voisins me dirent que
depuis le jour où elles étaient montées
avec moi en voiture pour aller assister à
la fête de Notre-Dame à Piedi-Grotta, à
Naples, elles n'avaient plus reparu !

» Que faire en pareille occurrence? La
conduite que j'avais à tenir me semblait
toute tracée : d'abord par l'amour violent
que je ressentais pour Zachi, et qui à lui
seul eût suffi pour me faire agir contrairement à toutes mes volontés ; puis ensuite
par cette même jalousie que la conduite
de mon rival déterminait également en
moi, et puis enfin par cette soif de vengeance, ce désir effréné, si naturel à mon
caractère, de punir dans le sang même du
comte Spontini, auteur des maux que je
ressentais en ce moment, l'offense que je
prétendais en avoir reçue.

» Aux premières informations que j'a-
vais prises, je dus en ajouter de nouvelles,
de plus précises. Il ne me fut pas difficile
d'apprendre, par exemple, que depuis
quelque temps le dérangement des affai-
res du comte, provenant de son incon-
duite, l'avait plus particulièrement lié à
notre société ; qu'il usait largement des
ressources qu'elle lui offrait pour assouvir
ses passions, et que depuis il s'était déterminé à enlever une jeune personne fort
riche qui s'était refusée de l'épouser, et
cela pour la contraindre de vive force à
accéder à ses désirs, parce qu'il avait fondé
dans ce mariage l'espoir de rétablir sa fortune beaucoup plus que compromise.

» A ces détails non équivoques, j'en
réunis de tellement circonstanciés qu'il
ne me fut plus permis de douter des
intentions de mon rival. Des motifs tout
aussi puissans que les siens et non moins

impérieux, puisqu'il s'agissait également
pour moi de posséder une femme dont j'é-
tais idolâtre, de me réhabiliter au moyen
d'un bon mariage, et par conséquent
de satisfaire toutes les exigences auxquelles je me croyais le droit de prétendre,
me déterminèrent à agir et à redoubler
d'efforts pour faire tourner à mon profit,
s'il se pouvait, toutes les tentatives de mon
adversaire.

» Dans la chaîne des montagnes de
l'Apennin et dans sa partie la plus agreste,
le comte Fernando possédait une vieille
masure, restes d'un antique et vaste château que, dans sa munificence royale, le
prince avait concédé à l'un de ses aïeux,
en commémoration de quelques grands
services rendus à l'Etat. Cette propriété
était la seule que possédât désormais,
d'une immense fortune, ce dernier reje-
ton d'une illustre famille, et qu'il n'eût

point encore aliénée, par la raison toute
simple qu'il ne s'était pas présenté d'acqué-
reur lors de sa mise aux enchères, tant ce
vieux manoir était délabré et les terres
incultes. Ce n'est pas, toutefois, que le terrain ne fût susceptible de quelque rapport; mais il avait tellement et si long-
temps été négligé, que ceux qui auraient
pu concevoir la pensée d'en faire l'acqui-
sition avaient été effrayés à la seule idée
de leurs premiers déboursés.

» C'était dans ce lieu isolé, long-temps
témoin des chants et des toasts que portaient à la gloire de leurs armes les guer-
riers qui contribuèrent les premiers et le
plus puissamment à la gloire du pays, et
auquel le dégénéré comte Spontini avait
donné une destination bien moins qu'honorable, celle de devenir le théâtre de ses
débauches, qu'il avait conduit ses deux
nouvelles victimes.

» Je ne dois pas hésiter à dire qu'aucune idée généreuse n'entra, en ce moment, dans ma pensée. Je désirai seulement faire échouer les projets de mon
rival, m'en attribuer adroitement le mérite auprès de celle que je voulais m'attacher à tout prix, si j'étais assez heureux
pour réussir, et puis ensuite jouir tran-
quillement d'une conquête bien ou mal
acquise. L'assentiment de qui que ce soit
ne me paraissant nullement nécessaire au
complément de bonheur que j'ambitionnais, il me parut peu nécessaire de le
rechercher. Ce projet ayant donc été mû-
rement réfléchi et combiné, je m'occupai
des moyens de le réaliser.

» Avec quelques hommes dont je crus
devoir me faire accompagner, et qui, ainsi
que moi, eurent grand soin de se déguiser
pour éviter toute surprise, je suivis les
traces du noble italien. Il était impossible

qu'il ne fût pas victime de l'état de sécurité qu'il goûtait sans doute, parce
qu'ayant eu la précaution de le laisser
dans la plus parfaite ignorance sur mon
sort, il devait naturellement me croire
mort. Aussi, et quelle que fût, du reste, la
rare perspicacité de mon rival, j'arrivai
avec mes gens sous les murs de son habitation, avant même qu'il eût pu soupçonner à qui que ce soit l'envie d'aller le visiter.

» Ce fut vers le milieu d'une nuit extrêmement sombre que nous arrivâmes
auprès de la demeure qu'habitait en ce
moment le noble comte Fernando. Autant que je pus en juger dans l'obscurité,
ce château, de forme pentagone, situé
au milieu d'une vaste forêt de sapins et
au pied d'une montagne hérissée de ro-
chers, avait dû être très-spacieux. Il était
seulement flanqué de trois tourelles sur

les trois points principaux, avec embra-
sures, et de deux redans aux deux autres
angles : le tout était entouré d'une double enceinte de murs crénelés avec glacis,
et puis ensuite un large fossé plein d'eau
et où croassaient actuellement des cra-
pauds et des grenouilles.

» Il est vraisemblable qu'avec de pareils moyens de défense, ce château, ou,
pour mieux dire, cette forteresse, avait dû
offrir aux assiégés une protection assurée
et aux assaillans une vigoureuse résistance. Mais il s'était écoulé un si long espace de temps entre l'origine de sa construction et l'époque où je le voyais, qu'il
est probable que l'ingénieur qui en avait
donné le plan et dirigé sans doute les
travaux aurait eu quelque peine à reconnaître son œuvre, tant elle se trouvait
délabrée. En effet, de toutes ces anciennes
fortifications il n'en restait plus que des

vestiges, et encore étaient-ils dans un tel
état de vétusté qu'il eût fallu beaucoup
plus dépenser pour les rétablir dans leur
état primitif, ou bien même les remettre
en état de défense convenable, que pour
en construire de nouvelles.

» Ainsi donc, la difficulté d'arriver jusqu'au comte n'était pas précisément dans
les obstacles que nous offraient tous ces
vains simulacres d'anciennes fortifications,
mais bien dans ceux qui nous contrai-
gnaient à nous prémunir sans cesse contre
les ruines de ce vieil édifice et les ronces
qui croissaient çà et là, et, par cela même,
obstruaient à un tel point le passage qu'on
aurait pu croire le château inhabité.

» Il ne l'était pourtant pas : j'en avais la
certitude. Aussi, et nonobstant les apparences qui pouvaient cacher quelques
piéges, desquels il nous importait surtout
de nous méfier, nous observâmes le plus

grand silence dans notre marche, comme
aussi nous eûmes soin de l'entourer des
plus minutieuses précautions.

» Déjà nous avions franchi le fossé, la
première enceinte, et nous nous avancions
vers un péristyle couvert et ombragé d'un
lierre tellement épais que [l'entrée de l'é-
difice en était obstruée, lorsqu'un coup
de feu tiré presque à bout portant en
partit et vint frapper l'un de mes gens à
la cuisse. Ce coup inattendu et peu prévu
nous arrêta un instant; mais le moment
de la première réflexion passé, après avoir
laissé deux hommes auprès du blessé pour
le panser, former notre arrière-garde et
soutenir notre retraite en cas de danger,
je donnai l'ordre de pénétrer dans le
château.

» En ma qualité de chef, je donnai
l'exemple et entrai le premier. Mais à
peine avais-je franchi le seuil de la porte

et pénétré dans la salle qui servait de
pièce d'entrée, qu'un vacarme épouvan-
table de sonnettes m'abasourdit au point
que mes gens et moi nous fûmes contraints, pendant quelques instans, de nous
boucher les oreilles avec nos mains. Ce
n'était sans doute que le résultat d'un
mécanisme inventé par le maître du château pour le prémunir contre toute surprise du dehors; car le tintamarre ne
tarda pas à cesser de lui-même comme il
avait commencé.

» Les deux circonstances que je viens
de détailler nous firent sentir la nécessité
d'un redoublement de prudence : aussi ne
marchâmes-nous qu'avec la plus grande
précaution. Voulant éviter de donner
trop d'avantages à un ennemi dont je ne
connaissais pas toutes les ressources et
auquel je devais en présumer de très-
grandes, je jugeai à propos de n'agir que

dans l'ombre, et, par conséquent, de ne
pas faire allumer les flambeaux dont nous
nous étions pourvus.

» Nous marchâmes le sabre aux dents,
la carabine en bandoulière sur l'épaule,
un pistolet à la main et la dague de l'autre. Cependant toutes ces précautions, si
inutiles dans toute autre circonstance, et
si nécessaires dans celles où je me trouvais,
ne nous avaient encore rien fait découvrir
dans les salles immenses, les vastes corri-
dors et même les plus petits réduits que
nous parcourions à tâtons.

» Après avoir ainsi passé un assez long
espace de temps en promenades noc-
turnes, fatigantes et ennuyeuses, parce
qu'elles paraissaient devoir être infruc-
tueuses, le silence morne et horrible en
même temps de ces lieux solitaires fut
tout-à-coup interrompu par des cris per-
çans, puis plaintifs et étouffés, qui pa-

raissaient venir d'une pièce assez éloignée
de celle où nous étions. Nous écoutâmes
d'abord quelques instans pour mieux
nous assurer de quel lieu partait ce bruit,
et puis ensuite nous nous dirigeâmes de
ce côté.

» En suivant la direction que les gémissemens paraissaient indiquer, il nous
sembla qu'ils s'éloignaient. Peut-être fû-
mes-nous fondés à avoir cette croyance
parce que celui ou celle qui les faisait entendre s'acheminait loin de nous; peut-
être aussi que ses forces faiblissant, il en
résultait également un obstacle à ce que
les plaintes fussent plus fortes. Quoi qu'il
en soit, nous fûmes contraints de faire
plusieurs marches et contre-marches inutiles.

» Nous perdions tout espoir de réussite
de ce côté et commencions à adopter la
résolution d'attendre le jour avant de

nous livrer à de plus amples perquisitions, lorsque le hasard, en me faisant toucher un bouton, me fit également ouvrir une porte : elle donnait entrée dans une pièce faiblement éclairée par une lampe. J'y pénétrai tout aussitôt; et qu'on juge de mon étonnement en y voyant une femme étendue sur un lit et baignée dans son sang !

» Présumant avec quelque raison qu'elle pouvait être une victime du comte, et pensant aussi qu'elle pourrait m'aider dans mes recherches, je n'hésitai pas à m'en approcher. Je cherchai d'abord à m'assurer si elle vivait encore et si, en lui donnant quelques secours, je pourrais parvenir à la rappeler à la vie. En examinant attentivement ses traits à la clarté de la lampe, que j'approchai de son visage, je crus les reconnaître. Cette conjecture de ma part se trouva confirmée lorsque, ouvrant les yeux et me regardant à son

tour, elle me dit avec une voix extrêmement affaiblie :

» Quoique très-faible et prête à quitter
une vie qui pour moi fut si courte et si
différente de ce qu'elle est ordinairement
pour les personnes de mon sexe et de mon
rang, je vous reconnais parfaitement. Vous
êtes ce généreux Français auquel ma fille
Zachi et moi sommes redevables deux fois
d'un bienveillant appui.

» — Eh quoi! vous seriez cette Zuléma...

» — Oui, cette femme si malheureuse
et pourtant si peu faite pour l'être.

» — Mais, avant de vous laisser continuer cet entretien qui ne peut être pour
vous qu'extrêmement pénible, permettez-
moi, madame, de vous procurer les secours dont vous paraissez avoir un si pressant besoin, et veuillez m'indiquer les
moyens d'y parvenir.

» — C'est en vain que désormais vous

tenteriez de me rappeler à une vie qui
m'échappe malgré moi : vos soins seraient
superflus. Ce n'est pas que je ne tienne et
beaucoup même à l'existence, tant s'en
faut ; mais l'infâme Spontini a eu le soin
de fermer tout accès aux secours de la
médecine.

» — Comment ! toutes les ressources de
l'art seraient-elles inutiles ?

» — Oui.

» — Le monstre ! Il a donc exercé sur
vous une rage de tigre ?

» — Il a pleinement mérité cette quali-
fication, en mettant un obstacle invincible
à l'application de tout secours efficace. Un
poison subtil et violent coule dans mes
veines ; déjà j'en ressens les rapides effets ;
et, comme si ce crime ne lui eût pas suffi,
il a voulu ajouter à celui-là un assassinat.
Plusieurs coups d'un fer trempé également
dans le poison, et qu'avec une frénésie peu

commune il a plongé à diverses reprises dans mon sein, lui assurent pour toujours le silence que vainement et jusqu'à ce moment il avait voulu m'imposer.

» — L'infâme scélérat!...

» — Veuillez ne pas m'interrompre. J'ai peu d'instans à passer encore sur cette terre de douleurs : ne me privez donc pas des moyens de vous éclairer sur le compte de votre rival, et ne vous ôtez pas les ressources nécessaires pour arracher de ses mains son infortunée victime, ma malheureuse fille.

» — Eh quoi! Zachi.....

» — Est entre ses mains, et j'ignore, non les infâmes projets de son ravisseur, car il m'a mis dans le cas de les juger et de bien les apprécier; mais s'il est parvenu à les réaliser..... Ecoutez-moi donc, je vous le répète; les momens sont précieux.

» — Je prête l'oreille.

» — Immédiatement après être parvenu
à nous priver de votre généreux appui en
vous faisant assassiner à notre sortie de
Naples, l'auteur de cette nouvelle mésa-
venture, que nous étions bien éloignées
de croire être de notre connaissance, se
montra à nous tel qu'il était, tel que, dans
le principe, je l'avais jugé, un homme violent et capable de se porter à toute extrémité pour arriver à la réussite de ses projets. Cet homme, sans honneur comme
sans probité; cet homme qui, pour contraindre ma fille à accepter sa main et
par conséquent à lui livrer sa fortune,
n'avait pas hésité à se rendre coupable
d'un rapt à main armée et sur une grande
route, n'était autre que le comte Fernando
Spontini lui-même.

» A peine les infâmes sicaires gagés par
notre ennemi furent-ils parvenus à nous
priver de nos généreux défenseurs, que,

pouvant impunément réaliser leurs abo-
minables projets sur leurs victimes, ils
mirent le comble à ce forfait en faisant
prendre à notre voiture une tout autre
direction que celle de Venise, où nous
avions l'intention de nous rendre.

» Pendant le trajet qui nous fut imposé
et contre lequel vainement nous protes-
tâmes, on nous fit alternativement parcourir des chemins battus et d'autres qui
laissaient peu de traces qu'ils eussent jamais été fréquentés. Les stores de la voiture, soigneusement baissés, nous laissèrent peu la faculté de voir ce qui se passait au dehors, non plus que d'oser espérer
le moindre appui de qui que ce fût. De
qui, d'ailleurs, aurions-nous pu désormais
en attendre? Salem, notre fidèle esclave,
n'était-il pas mort en défendant ses maîtresses? Un postillon qui nous était totalement inconnu, déterminé par un senti-

ment fort honorable, celui de prêter son appui au plus faible, n'avait-il pas payé de sa vie le généreux secours qu'il nous avait accordé? Et vous, le seul espoir comme aussi l'unique soutien que nous eussions en ce monde, ne nous aviez-vous pas également été ôté? Nous devions, au surplus, avoir l'intime conviction que toute espèce de plainte de notre part aurait été immédiatement réprimée, et qu'on n'eût même pas manqué de leur donner, quelles que fussent du reste nos prétentions, une interprétation tout autre que celle de la vérité, et que par conséquent elles étaient inutiles. Nous nous résignâmes.

» Ainsi donc, après nous avoir entourées de toutes les précautions imaginables, je puis même dire les plus minutieuses, puisqu'elles s'étendaient jusqu'à nous faire servir à manger dans la voiture, ce qui eut lieu pendant le temps que dura notre voyage, qui se prolongea plusieurs jours, nous arrivâmes ici.

» Je ne vous dirai pas combien fut grande notre surprise en trouvant au milieu de ces ruines le noble comte ; un secret mouvement instinctif nous l'avait fait croire seul capable d'un pareil forfait. Aussi, lorsque l'assassin de nos amis osa se présenter devant nous pour jouir d'un spectacle avec lequel, sans doute, il s'était depuis long-temps familiarisé, celui de voir répandre des larmes à ses victimes et intercéder sa pitié, il fut tout étonné de notre résignation à ne pas faire entendre des doléances inutiles, comme aussi de la fermeté de notre caractère qui, n'accueillant pas ses excuses, répondait à sa conduite déloyale, pour ne rien dire de plus, par le mépris le mieux senti et le plus fortement exprimé.

» Tout autre que le comte Fernando eût

été frappé de notre courage; tout autre que l'infâme scélérat qui avait indignement abusé de l'ascendant que lui donnaient sur des êtres faibles et sans défense son caractère d'homme et la puissance de sa position sociale, eût facilement renoncé à un projet aussi follement conçu qu'immoral à poursuivre dans ses résultats; mais le noble vénitien était inaccessible à tout sentiment de pitié, de générosité et de grandeur d'âme.

» A peine l'ennemi de notre repos connut-il notre ferme résolution de ne point accéder à ses désirs, de ne pas consentir à une union aussi mal assortie, que ma fille et moi repoussions avec un sentiment d'horreur, qu'il commença à exercer contre nous ce que vulgairement on appelle des représailles; c'est-à-dire qu'après avoir vainement mis en usage tous les moyens de persuasion possibles, il employa ceux

de la plus grande rigueur. C'étaient autant de soins inutiles de sa part, et de la
nôtre de nouveaux griefs que nous avions
à lui imputer.

» Nous avions d'abord été logées, ma
fille et moi, dans une seule et même chambre. En faisant ainsi et tout exprès dresser
deux lits dans la même pièce, le comte
avait espéré, sinon calmer entièrement,
du moins tempérer quelque peu l'horreur
qu'il nous inspirait, et qu'avec une extrême
franchise, nous lui avions déclaré ressentir
pour lui.

» Il joignit à cette première condescen-
dance non sollicitée celle de nous procurer les moyens de charmer nos ennuis au
moyen de quelques livres, d'un peu de
musique et d'une harpe qu'il fit déposer
dans notre prison ; car il ne nous fut jamais, et sous quelque prétexte que ce fût,
permis de sortir de notre chambre. Deux

hommes de très-mauvaise mine et une vieille femme furent toujours chargés, en sa présence, de s'acquitter des soins que nous réclamions, et le comte poussa la courtoisie jusqu'à ne pas leur permettre une seule fois de parler devant nous, et par conséquent de ne pas répondre à nos questions.

» Mais ces premières mesures qui, sans doute, lui avaient été dictées par suite d'un retour sur lui-même et comme lui paraissant plus propres à concilier ses volontés et les nôtres, furent tout-à-coup contremandées lorsqu'il eut acquis la conviction bien intime que nous y puisions de nouvelles forces pour ne pas obtempérer à ses désirs.

» J'aurai peu de peine à vous persuader combien notre opposition était naturelle : elle était la suite immédiate de l'horreur que ses actes et sa personne nous inspi-

raient. Au lieu de bien se convaincre de
cette vérité et de renoncer à ses projets, il
persista dans sa constante volonté à tout
faire pour nous déplaire. Je vous déclare
naïvement que le comte outrepassa ses espérances, si toutefois, et comme nous de-
vons le croire, il avait un pareil but. Il or-
donna que ma fille et moi serions désormais séparées et reléguées chacune dans
une chambre distincte.

» Lorsque cet ordre nous fut donné, je
l'avouerai, notre courage, qui ne nous
avait jamais abandonné et qui plus d'une
fois avait étonné notre ennemi, faiblit en
ce moment, et nos larmes coulèrent abon-
damment. Nous semblâmes pressentir que
c'était la dernière épreuve à laquelle nous
assujétissait la divine Providence, et, nous
tenant long-temps l'une et l'autre étroitement embrassées, confondant nos pleurs
et l'abattement pénible dans lequel nous

avait plongées cette affreuse mesure, nous nous fîmes un adieu qui devait être éternel.

» Depuis cette funeste et bien pénible séparation, je fus laissée dans l'ignorance la plus complète sur le sort de ma fille. La vieille femme de laquelle je vous ai déjà parlé fut chargée, en présence du comte, devenu mon geôlier, de m'apporter ma nourriture et me servir. Quelles que fussent, du reste, mes instantes prières pour obtenir d'être réunie à Zachi, Spontini me déclara que je ne la verrais qu'après lui avoir signé le consentement qu'il me demandait pour s'unir à ma fille.

« Vous ne serez jamais son époux, lui répondis-je continuellement chaque fois que cette demande me fut renouvelée, et, de ma vie, je ne donnerai mon assentiment à une pareille union. »

» Il ne fallut rien moins qu'une réponse aussi explicite pour augmenter la rage du

comte : aussi ne parut-il jamais devant
moi que dans un état de frénésie qui
tenait du délire. Cette question venait de
m'être renouvelée il y a quelques instans
et pendant que je faisais mon repas du
soir, lorsqu'un coup de feu parti dans les
environs du château, et un bruit de sonnettes que je n'avais pas encore entendu
depuis que je suis ici, ont déterminé quelques mouvemens de la part de Fernando,
auxquels, j'en conviens, et vu notre position réciproque, je n'ai pas prêté une assez
grande attention.

» Il paraîtrait, tel est du moins l'aveu
que le comte lui-même m'en a fait, que,
profitant d'un moment où, entièrement
absorbée dans mes réflexions, j'avais placé
mon mouchoir devant mes yeux pour me
recueillir, il aurait mis le complément
à cette action infâme en éloignant d'auprès de moi la vieille femme qui me ser-

vait, et avec elle tous moyens de secours quelconques.

» Lorsqu'il lui a été permis de penser que l'effet du poison était immédiat, il m'a fait connaître sa conduite et a jugé à propos de la compléter en se saisissant de ma personne et me frappant de plusieurs coups de stylet. Avant de quitter ma chambre, ce qu'il a effectué tout aussitôt, ce monstre n'a pas hésité à me dire que le bruit que nous venions d'entendre lui donnait la certitude qu'on venait à mon secours; que par cela même, et pour éviter la réalisation d'un pareil projet, il s'était cru obligé de mettre obstacle à ma délivrance et qu'il me sacrifiait à sa vengeance. Quant à ma fille, il m'a déclaré qu'il saurait vaincre ses scrupules et trouver les moyens de lui faire faire ses volontés. Je commençais à faiblir lorsqu'il s'est retiré.

» Immédiatement après que mon assassin a eu quitté ces lieux, et vu la position affreuse dans laquelle sa barbarie m'a placée, j'ai redoublé d'efforts et de courage pour me traîner jusqu'auprès de mon lit; je me suis même étendue dessus pour y attendre, avec toute la résignation dont je suis capable, la fin de ma pénible et douloureuse existence. Il est probable que les plaintes qui, sans doute et malgré moi, me sont échappées, vous ont guidé jusqu'ici ; car, sans elles, il vous eût été difficile, peut-être même impossible, à cause de la disposition des localités, de ne pas vous y égarer.

» — Cela est vrai. Ce sont vos gémissemens que j'entendais depuis quelques instans, et le hasard qui a déterminé le jeu d'un ressort secret, qui m'ont facilité l'entrée de votre chambre.

». — Le lieu dans lequel nous sommes

en ce moment, et que je connais peu, en raison de ma position, m'a paru, en effet, contenir beaucoup de secrètes issues, de ressorts cachés qui peuvent faciliter à ceux qui les connaissent les moyens de s'éloigner ou de se rapprocher à volonté de l'une ou de l'autre partie du château.

» — L'origine de la construction de cet édifice, aujourd'hui en ruines, justifie pleinement ce que vous en dites ; car, à l'époque où il paraît avoir été bâti, on avait besoin, beaucoup plus qu'aujourd'hui, de s'entourer de ces piéges qui facilitaient à un assiégé un peu trop ressérré les moyens de s'approvisionner et de faire des sorties qui quelquefois lui étaient avantageuses.

» — Quoi qu'il en soit, et comme votre présence ici justifie ma pensée que vous y êtes venu avec l'intention de nous secourir...., je dois vous faciliter, autant qu'il dépen-

dra de moi, les moyens..... de suivre les
traces..... du scélérat..... qui cause tous nos
maux. A la droite de mon lit, et à envi-
ron..... une toise, vous trouverez, à la hauteur..... du lambris, un bouton en fer et
peu apparent..... à cause de son antiquité.
En appuyant.... dessus avec force, vous le
ferez céder...., et la porte à laquelle il sert
de serrure....... vous facilitera....... l'entrée
d'un corridor..... au bout duquel..... se
trouve..... un escalier.... en pierre. Il faut...
le descendre.... pour arriver.... à la grille...
en fer..... qui communique..... dans les.....
souterrains. Il est.... vraisemblable... que...
le..... comte..... Zachi..... »

» Zuléma n'en put dire davantage et ex-
pira tout aussitôt dans mes bras; car j'a-
vais eu la précaution de m'en rapprocher
pour l'écouter attentivement et recueillir
avec soin tous les renseignemens qu'elle
pourrait me donner. Telle fut cependant

la fatalité de ma destinée qu'il ne me fut pas permis de recueillir de la bouche de cette femme les renseignemens qui m'étaient indispensablement nécessaires pour espérer que mes recherches pourraient être fructueuses.

» En effet, la veuve d'Ouliu-Cheik était expirée, et quoiqu'elle m'eût désigné le comte comme ayant occasioné les récentes infortunes de sa famille et les miennes, ces renseignemens, quoique positifs, n'étaient cependant pas suffisans pour me mettre à même d'en tirer une prompte vengeance. Ce Spontini, duquel elle m'avait souvent parlé dans nos entretiens comme d'un homme qui avait recherché la main de sa fille et qu'elle s'était vue dans la nécessité de fuir pour éviter ses importunités obséquieuses, ne m'était connu que comme l'un des plus ardens affidés de la société: mais je ne m'étais jamais encore trouvé en rapport direct avec lui : je ne l'avais même jamais vu.

» Avec de pareils élémens, qui pouvaient être suffisans pour me faire connaître l'ennemi que j'avais à combattre, mais que, dans aucun cas, je ne pouvais plus redouter, il me manquait, de tous les renseignemens le plus essentiel, celui de savoir où je pourrais le rencontrer.

» Je commençai d'abord par faire usage du secret que Zuléma m'avait confié, c'est-à-dire que je cherchai le bouton en fer dont elle m'avait parlé, et qu'après l'avoir fait jouer, je me trouvai, en effet, dans une vaste galerie dont la faible clarté de ma lampe ne me permit pas de mesurer toute l'étendue. Après avoir recommandé à quatre hommes de rester soigneusement et silencieusement cachés dans la chambre de Zuléma, où je pouvais espérer que Fernando reviendrait, je m'engageai dans la galerie avec le reste de la troupe.

» Je me fis précéder par l'un de mes compagnons, auquel je remis la lampe, et recommandai à tout le monde d'observer attentivement autour de nous et de garder le silence le plus absolu. Le bruit de nos pas, que nous eûmes la précaution de rendre aussi légers que possible, et le vol de quelques oiseaux de nuit que notre présence en ces lieux faisait sortir de leur retraite, se firent seuls entendre et se répétèrent en se prolongeant dans cette immense galerie.

» Lorsque nous l'eûmes traversée dans toute sa longueur, nous nous trouvâmes, en effet, en face d'un escalier en pierre dont les marches, presque démolies par suite de leur vétusté, faisaient pressentir

quelque danger à les descendre. Nonobstant cette circonstance, je n'hésitai pas à
avancer.

» Le nouveau chemin dans lequel je venais de m'engager n'était pas sans péril.
Les précautions dont nous fûmes forcés de
nous entourer pour ne pas faire de faux
pas, comme aussi le grand nombre de
marches que nous eûmes à descendre, me
firent penser que le souterrain vers lequel
nous nous dirigions devait être à une
distance énorme du niveau de la terre.

» Nous arrivâmes à la dernière marche
de cet escalier, et, à moins d'être doué
d'une patience au-dessus de la mienne, il
n'était pas facile d'en énumérer la quantité. Presqu'au même instant et en face de
moi j'aperçus la grille de fer dont Zuléma
m'avait parlé.

» D'énormes verroux et une serrure de
la plus grande dimension, le tout solide-

ment fermé du côté opposé à celui ou j'é-
tais, me firent penser, non sans raison,
que le comte nous avait devancés de quelques instans, et qu'ainsi que semblaient
l'annoncer les dernières paroles de sa
victime, il s'était engagé dans ce souterrain.

» Mais lui seul en connaissait les issues
les plus secrètes, et quand même je serais
parvenu à ouvrir cette grille, seul obstacle
que j'avais à vaincre pour l'y suivre, il
était probable que je ne parviendrais pas
facilement à l'y atteindre. Je prévis même
que, donnant sortie dans la campagne, le
comte était déjà loin du château. Cette
pensée, que je me déterminai à communiquer à mes camarades et qu'ils partagè-
rent, décida notre retraite.

» Le jour commençait à poindre lorsque
nous rentrâmes dans la chambre où Zuléma était morte et dans laquelle j'avais

laissé quelques-uns des miens. Ne voulant
pas laisser ainsi abondonné et sans sépulture le corps de cette femme infortunée,
je donnai l'ordre de creuser une fosse en
dehors du château et l'y fis placer, après
toutefois l'avoir fait ensevelir dans un
linceul. Deux morceaux de la branche
d'un jeune arbuste, que je liai ensemble
en forme de croix, me facilitèrent les
moyens de placer sur la tombe ce signe
révéré de notre religion.

» Après avoir satisfait à ce devoir, que
je considérai, en ce moment, comme très-
important, puisqu'il était un hommage
pur de la vénération qu'avait su m'inspirer la mère de celle que j'idolâtrais, et bien
convaincu que ce titre ne serait pas le
moindre de ceux que j'aurais à revendiquer un jour auprès de Zachi, je donnai
l'ordre de marche.

» Je retournai d'abord à Venise, parce

que j'avais en ce lieu beaucoup plus de
chances que dans tout autre d'apprendre
quelque chose concernant mon rival. Les
rapports que je reçus de mes agens m'ap-
prirent, en effet, que le comte Spontini,
emmenant une jeune femme, avait quitté
l'Italie et fait voile pour l'Espagne. Toutefois, Fernando ne s'était decidé à ce
prompt départ qu'après avoir eu le soin
de faire enlever du logis, de ces dames
tous les objets précieux qu'elles y avaient
laissés en dépôt. Ce dernier trait me le fit
plus particulièrement connaître.

» N'ayant rien de mieux à faire en ce
moment, aucun intérêt plus puissant que
celui d'assouvir ma haine et de me venger, ainsi que Zuléma, ne me retenant en
Italie, je me déterminai à suivre immédiatement les traces de mon antagoniste.
Un bâtiment devant mettre à la voile ce
jour-là même pour le Péninsule, je m'y

embarquai, et, quoique battu par une affreuse tempête et ayant presque toujours
des vents contraires, j'arrivai néanmoins
devant la Corogne, où je mis pied à terre.

» Je parcourus l'Espagne dans tous les
sens; et, malgré les investigations minutieuses dont j'accompagnai toutes mes
démarches, je commençais à désespérer
de mon projet, lorsqu'un jour j'arrivai
au milieu de ces gorges. Leur aspect, imposant et affreux en même temps, m'offrit
plus d'un sujet de graves méditations; et,
comme en ce moment je voyageais à cheval, j'en descendis et le laissai errer à l'a-
venture. Je m'assis sur un énorme bloc de
pierre qui, s'étant détaché de l'un des ro-
chers voisins, au risque d'écraser quelque
pauvre voyageur, barrait la route en cet
endroit, et me livrai incontinent à des
réflexions.

» Peu d'instans s'étaient écoulés dans

cette disposition contemplative de mon
esprit, lorsque mes regards, fixés d'abord
vers la terre, s'élevant de cette région
terrestre pour examiner celle des cieux,
j'aperçus à quelques pas et presque en face
de moi un homme qui, appuyé sur un
fusil, m'examinait très‑attentivement.
Mon premier mouvement fut de porter la
main sur mes pistolets, et de lui deman‑
der ce qu'il faisait là.

« Moins préoccupé que Gustave et beau‑
coup moins que lui détaché des biens de
ce monde, j'observe, dans la conduite
étrange de mon capitaine, l'une de ces bi‑
zarreries de caractère dont on nous parle
parce qu'elles se rencontrent quelquefois,
mais qui, par cela même, n'en sont pas
moins à mes yeux un véritable contre‑sens
dans la nature.

» — Eh quoi ! serais‑je connu de vous ?

» — Suis‑je donc tellement changé à

vos yeux que vous ne puissiez reconnaître en moi Paolo, l'un de vos plus dévoués lieutenans?

» — En effet, comment ai-je pu oublier sitôt et tes services et ton dévoûment à ma personne?

» — Rien n'est plus facile à expliquer : c'est que, n'ayant plus besoin des uns et de l'autre, vous avez imité en cela la plupart de ceux qui occupent ici-bas une haute position sociale.

» — Tu te trompes, ami, et dans ce moment tu méconnais entièrement mon caractère. Je ne ressemble en aucune sorte à ces caméléons politiques du jour, et saurai te convaincre au besoin que je suis encore ce que toujours je voulus être.

» — A la bonne heure. Mais comment se fait-il que vous soyez en ces lieux, lorsque tous nos camarades et les intérêts même de la société réclament si impérieusement votre présence parmi nous? »

» En peu de mots, je racontai à Paolo
les motifs qui avaient déterminé mon
voyage en Espagne. A son tour, ce fidèle
ami m'apprit qu'il les connaissait en partie, et que c'était pour ce motif qu'il était
venu lui-même se fixer dans un pays où
il espérait pouvoir me rendre de nouveaux
services. Le comte était en Andalousie ; il
avait suivi ses traces dans mes intérêts ;
mais, les ayant totalement perdues à Val-
depenas, il s'était vu contraint d'attendre,
dans les gorges de la Sierra-Morena, avec
quelques-uns de nos camarades qui l'a-
vaient accompagné, que quelques-uns des
nôtres qu'il avait envoyés à sa recherche
fussent parvenus à le retrouver.

» Une pareille conduite, de la part de
Paolo, était pour moi une nouvelle preuve
de son rare attachement. Dès-lors je n'hésitai pas à accepter la proposition qu'il

me fit de rester ici pour y attendre les renseignemens que nos émissaires parviendraient à recueillir.

» Mais les précautions dont s'était entouré Fernando furent si bien prises qu'il nous fut impossible de pouvoir rien savoir sur son compte. Après avoir voyagé dans les diverses provinces d'Espagne, mes émissaires rentrèrent ici l'un après l'autre. Découragé de ce non-succès, mais non pas résigné, j'ai repris le cours de mes habitudes, c'est-à-dire que je rançonne les grands seigneurs, les riches de la terre que leur mauvaise étoile me fait rencontrer, en attendant que je puisse assouvir ma soif de vengeance sur mon odieux rival.

» Toutefois, au milieu de cette vie de brigand, je soulage autant qu'il dépend de moi les malheureux, et comme, à ce titre, tu as des droits à ma bienveillance, et que, de plus, tu es mon compatriote, je t'offre mon appui. »

Le narré de cet homme extraordinaire, que des circonstances tout-à-fait indépendantes de sa volonté avaient placé dans une position si critique, produisit sur l'amant d'Eliza une impression pénible. Il voyait dans son compatriote l'une de ces trop malheureuses victimes que la fatalité poursuit et à laquelle, pour ainsi dire, il est, sinon impossible, du moins très-difficile, d'échapper. Edouard aurait voulu pouvoir contribuer à le tirer de l'affreux précipice dans lequel il se trouvait engagé ; mais où et comment en aurait-il trouvé les moyens ?

Un être que des événemens aussi pénibles qu'extraordinaires avaient forcé à faire la guerre sur les grands chemins et à dépouiller ses semblables de ce qu'ils possédaient, était trop à plaindre pour qu'on

lui fit entendre des reproches. Edouard,
au surplus, n'avait pas le droit d'en adres-
ser. Aussi se contenta-t-il de plaindre bien
sincèrement Gustave, de le lui dire de vive
voix, comme aussi de l'assurer qu'il se
croirait heureux, à son tour, de pouvoir
faire quelque chose qui lui fût agréable.

Ce n'était ni le cas ni le moment de
faire de l'héroïsme, en montrant une fierté
ridicule et tout-à-fait hors de propos;
aussi Edouard s'empressa-t-il de reconnaître les offres amicales du généreux ban-
dit, en lui racontant à son tour, et comme
système de compensation, ses propres
aventures. Sous un certain point de vue,
celui de son amour malheureux, elles
présentaient quelque analogie avec celles
de Gustave : ce dernier, du moins, en fit
la judicieuse observation, et y trouva, à
ce qu'il dit, un nouveau motif pour être
utile à son prisonnier. Il poussa même la

générosité jusqu'à lui faire rendre ses effets ainsi que son argent, et lui en offrit
du sien : ce que l'amant d'Eliza crut devoir refuser. Mais ce qu'il ne crut pas devoir rejeter, ce fut l'offre que lui fit Gustave d'un sauf-conduit au moyen duquel
il pourrait, et avec plus de sûreté, traverser le pays.

CHAPITRE VI.

—

LE COUVENT DES DAMES DE LA VISITATION.

—

Après avoir pris congé du seigneur ban-
dit, en termes courtois et adaptés à la circonstance, le trop malheureux Edouard,
en compagnie d'Antonio et de ses mules,
reprit le chemin qui devait le conduire

directement à San Lucar de Barameda,
où on lui avait fait espérer qu'il rencon-
trerait Eliza et la supérieure de son couvent.

Comme le lieu dans lequel il se rendait
n'était pas proche, qu'il en était même sé-
paré par plusieurs journées de marche, et
que d'ailleurs sa manière de voyager, la
seule, du reste, qui fût praticable dans ce
pays pour un étranger, devait le tenir encore quelques jours en route, contrairement
au plan de conduite silencieuse qu'il avait
adopté jusqu'à ce moment à l'égard de son
muletier, il l'interrompit dans les chants
religieux que celui-ci faisait entendre, en
donnant à sa voix tout l'essor dont il était
capable, et, autant qu'il dépendit de lui,
essaya à lier une espèce de conversation.

Naturellement bavard, Antonio ne fut
pas fâché de faire diversion à la monotonie
de sa musique vocale pour exercer diver-

sement sa langue. Usant donc, dans toute
la plénitude du mot, de la liberté de con-
verser que venait de lui accorder son compagnon de route, il débuta par suppléer à
la lacune laissée sans doute et à dessein
par Gustave dans le narré qu'il avait fait
des événemens de sa vie.

« Puisque vous jugez à propos de faire
diversion à vos ennuis, et que vous voulez
bien que nous causions ensemble, je dois
commencer par vous rassurer complète-
ment au sujet des craintes que vous pour-
riez ressentir encore relativement à la sûreté du pays. Malgré les continuelles ex-
cursions des diverses bandes qui parcourent les provinces de l'Espagne, vous
n'avez plus rien à redouter.

— A ce qu'il paraît, Antonio, vous par-
lez avec assurance.

— Si vous le jugez à propos, ajoutez
avec connaissance de cause.

— Que veux-tu dire?

— Pourquoi feindre? Voici le fait. Au lieu d'être un simple muletier comme j'ai pu vous le paraître et comme rarement on en rencontre dans ce pays, je suis, comme la plupart de mes confrères, affidé à la société que préside le très-illustre et très-valeureux seigneur don Gustave.

— Ce langage.....

— Ne saurait vous étonner, si vous connaissiez davantage notre pays.

— Puisque le sort le veut ainsi, apprends-moi donc à le connaître.

— Volontiers. D'abord, je dois vous dire que je n'ai pu me défendre de ressentir pour vous quelque intérêt parce que vous avez du courage, et ce motif suffit, à mes yeux, pour me déterminer à vous être utile et agréable tout à la fois.

— Je te remercie.

— Vous allez juger par vous-même si

l'amitié d'un muletier espagnol doit être dédaignée.

— Mon caractère me porte à ne dédaigner personne.

— Quelques individus, pourtant, sont exceptés de cette règle générale ; car vous n'avez pu réprimer, en ma présence, le sentiment de mépris que vous inspirait le capitaine.

— Tu as raison.

— Dès-lors, soit dit en passant, vous en ressentirez tout autant pour moi, lorsque vous me connaîtrez mieux.

— Achève.

— Je vous obéis. S'ils veulent arriver à bon port et éviter d'être rançonnés par les bandes nombreuses de contrebandiers ou de voleurs, ce qui est tout un, qui parcourent le pays dans tous les sens, la plupart des muletiers, et je suis de ce nombre, sont contraints, bon gré malgré, à se faire agréer parmi elles, et de leur payer même une certaine redevance. Elle s'acquitte plus particulièrement en égarant à dessein les voyageurs qui sont porteurs de quelque forte somme d'argent, ce dont nous avons toujours soin de nous informer; ou bien même en les attirant dans des piéges d'où ils ne se tirent jamais qu'en faisant des sacrifices qui, s'ils ne sont pas à leur satisfaction, tournent du moins à celle des personnes qui interviennent.

— Voilà un singulier pays.

— En considérant les choses de plus près et sous leur véritable point de vue, vous serez forcé de convenir qu'il ne l'est pas autant qu'il vous le paraît. Si nous avons plus de contrebandiers et de voleurs sur nos routes, vous avez en échange plus de hauts fonctionnaires largement rétribués au moyen d'un énorme budget. Compensation faite, je crois que nous sommes beaucoup plus heureux qu'on ne l'est en France, parce que nous pouvons satisfaire nos voleurs au moyen d'une légère redevance, et que vous ne pouvez vous débarrasser de l'exigence toujours croissante de vos hauts fonctionnaires, qu'en ajoutant continuellement à l'énormité de vos sacrifices.

— Ce raisonnement n'est pas dénué d'une certaine vérité.

— Tant mieux que vous le reconnaissiez. Si jamais vos concitoyens font cette réflexion, il est probable qu'ils tiendront moins à revendiquer sur nous cette espèce de supériorité que, sous ce rapport, nous leur abandonnons volontiers.

— Mais laissons de côté ce sujet, je sens qu'il nous conduirait trop loin, et revenons au capitaine Gustave, qui paraît occuper le premier rang parmi les bandits du pays.

— Vous avez raison. Je reviens à ce
qui le concerne, et vais vous mettre dans
le cas de le juger et même de l'apprécier
à sa juste valeur. Le capitaine, qui est
doué d'une bravoure à toute épreuve,
qu'au besoin l'on pourrait même qualifier de témérité, en vous retraçant les
événemens de sa vie, a omis de vous parler de deux circonstances qui ont eu sur
son existence une grande influence. L'é-
tat, ou, si vous l'aimez mieux, le métier
qu'il a embrassé et dans lequel, ainsi qu'il
vous l'a dit, il a été entraîné par la force
des événemens et bien malgré lui, ne devait pas le laisser un seul instant en repos.
Aussi jamais existence humaine ne fut
plus agitée que la sienne, et, le jour où le
gouvernement français parvint à s'emparer de sa personne, ce que, je ne sais trop
pourquoi, il s'est abstenu de vous rapporter, ne fut pas, je vous l'assure, le plus

beau moment de sa vie ; car il vit de près
l'échafaud.

— En effet, au milieu des détails
assez circonstanciés que m'a donnés de sa
vie le capitaine, il a omis celui-là.

— Je dois reporter votre souvenir au
moment où, ayant perdu les traces du
comte, Gustave se décida à prendre le
commandement des bandes qui se trouvaient ici sous les ordres de son lieutenant
Paolo.

» Peu de temps après cet événement, il
apprit que son rival était débarqué à
Marseille et qu'il y vivait dans une sécurité parfaite. Trop impérieux de caractère
et trop jaloux de se venger d'un homme
qu'il considérait avec quelque raison
comme l'auteur d'une partie des maux
récens qu'il endurait, Gustave n'hésita
pas, quelque danger qu'il y eût pour lui, à
rentrer dans son pays natal.

I.   15

» Il arriva dans l'ancienne Phocée, et y découvrit facilement la demeure de Fernando; mais ce qui eut lieu de l'étonner, ce fut d'apprendre qu'aucune femme n'habitait avec lui, et qu'il passait pour n'avoir jamais été marié. Qu'était donc devenue Zachi? dans quel lieu, si toutefois elle vivait encore, l'assassin de Zuléma avait-il laissé son infortunée fille? Telles furent les réflexions qui se présentèrent à l'imagination du bouillant capitaine, et qui, jointes à celles que la conduite du comte lui avait déjà et depuis long-temps suggérées, vinrent l'assaillir en cet instant.

» Après avoir mis à poursuivre son ennemi toute la tenacité dont son âme ardente était capable, on devait peu présumer un refroidissement de la part de Gustave, et qu'il se contentât d'appeler son adversaire sur un terrain où les gens

d'honneur savent toujours se retrouver, et
où ils s'accordent assez facilement une
entière satisfaction. Ce n'était pas ainsi
qu'il entendait se la procurer; il savait trop
bien qu'usant de l'avantage que donne
toujours aux yeux du vulgaire le prestige
d'un nom, le comte, provoqué en duel,
ne manquerait pas de le livrer à toute la
rigueur des tribunaux, soit en le signa-
lant comme duelliste, soit peut-être encore, ce qui était probable, en le dési-
gnant aux magistrats comme chef de voleurs.

» Il était un genre de satisfaction qui,
lui offrant des chances plus certaines de
succès, était par cela même aussi la seule
qui pût lui convenir. Celle que désirait le
capitaine, qu'il semblait même vouloir
exiger, différait essentiellement de celle
que les hommes de cœur se refusent rarement entre eux. Toutefois, trop pénétré

de la spécialité de sa position, il ne voulut pas faire dépendre sa vengeance d'un
simple hasard.

» Pour réussir dans son projet, et l'on
sait tout ce qu'un homme doué d'un pareil caractère est capable d'y mettre d'obstination, il guetta Spontini et le suivit
long-temps dans les diverses courses qu'il
était contraint de faire, avant qu'une occasion favorable, telle du moins qu'il la
désirait, s'offrît à lui de se venger. Elle
se présenta cependant cette circonstance
tant recherchée et si désirée en même
temps : voici comment.

» Le comte se rendait fréquemment, et
presque toujours à l'entrée de la nuit,
dans une maison de campagne qu'il avait
louée, on ne savait pour quel usage, à
une faible distance de la ville et sur les
bords de la mer. Quoiqu'il fallût suivre
une route battue pour s'y rendre, elle était

tellement isolée de toute espèce d'habitation, et il y passait si peu de monde, qu'il
était souvent arrivé à Fernando d'y aller
et d'en revenir sans avoir jamais rencontré
qui que ce soit. Il pouva t y avoir, de la
part du comte, des raisons péremptoires
pour le décider dans un pareil choix; mais
ce qu'il importait beaucoup à Gustave de
connaître, lui qui ne voulait en aucune
sorte rechercher les motifs d'une conduite
si étrange, puisque les antécédens de son
ennemi pouvaient facilement les lui faire
deviner, c'était de lui assurer les moyens
d'une prompte et satisfaisante vengeance.

» Déterminé donc seulement par un
pur motif de prudence qui, dans la circonstance où il se trouvait, devait paraître très-naturel, Gustave, tout en suivant pas à pas son ennemi, s'en tenait
pourtant éloigné d'une légère distance.
Bien loin d'être préjudiciable au projet

qu'il nourrissait d'ôter, n'importe à quel prix, la vie à son ennemi, cette conduite devait au contraire lui en faciliter les moyens : c'est ce dont il ne tarda pas à acquérir la preuve.

» Un soir que, conformément à l'habitude qu'il en avait contractée, il suivait les traces de Spontini et l'avait même précédé sur l'un des points de la route qui, dans cet endroit, se trouvait ombragée par un bouquet d'arbres touffus et lui offrait également une occasion sûre et favorable à son dessein, il se montra tout-à-coup à son adversaire, lui barra le passage, et, lui tirant aussitôt à bout portant un coup de pistolet, il accompagna cette action de ces quelques mots : « Comte Fernando Spontini, assassin de Zuléma et sans doute aussi de l'infortunée Zachi, reçois des mains de Gustave, ton rival abhorré, le juste châtiment que tes crimes ont mérité. »

» Le comte avait été renversé sur le
coup sans faire entendre aucune plainte,
ce qui fit présumer au capitaine, qui ne
s'amusa pas à vérifier le contraire, qu'il
était tombé roide mort.

» Après l'action qu'il venait de commettre et qui, au gré de ses désirs, lui
avait jusque là parfaitement réussi, un
seul parti lui restait : c'était celui de la
fuite. Aussi se détermina-t-il à s'éloigner sur-le-champ d'auprès du corps ina-
nimé de sa victime et à rentrer dans la
ville.

» Néanmoins cette conduite n'était pas
la seule qu'il dût tenir pour éviter qu'aucun soupçon ne vînt l'atteindre. Ainsi,
trop prudent pour se compromettre,
comme aussi trop expérimenté pour ne pas
être bien pénétré du danger qu'il courrait
s'il était reconnu pour être l'auteur de cet
assassinat ; quoique étranger et vivant

dans le pays sans aucune espèce de relations, il se dirigea vers son logis, où il eut
la précaution de se montrer aux gens de la
maison, et monta dans sa chambre, où, immédiatement après, il se mit dans son lit.

» Ce fut en vain que le bouillant et hai-
neux capitaine chercha à se procurer un
repos qui fuyait de ses paupières. Beaucoup trop agitée, par suite de la nouvelle
position dans laquelle il venait de se placer, son âme timorée se refusait en ce moment à un calme qui n'était pas dans la
nature. Tout en éprouvant une bien douce
satisfaction qu'occasionait en lui la mort
de son rival, il ne pouvait s'empêcher de
réfléchir que sa vengeance n'avait pas été
complète. Comment, en effet, aurait-elle
pu l'être, puisqu'il ignorait entièrement
ce qu'était devenue celle qu'il adorait? et
jusqu'au moment où il en apprendrait des
nouvelles bien positives, il était vraisem-

blable que Gustave ne serait pas entièrement satisfait.

»Telles étaient les réflexions qui, durant
toute la nuit, s'étaient présentées à son
imagination et l'avaient empêché de goûter le moindre repos, lorsque trois coups
bien distincts, frappés à sa porte, et l'in-
jonction formelle de l'ouvrir au nom du roi,
vinrent le tirer de cette situation et mettre
obstacle à ce qu'il continuât à, ce que
vulgairement on nomme, *faire des châ-
teaux en Espagne.*

» Un pareil ordre avait de quoi l'étonner.
Résolu cependant à ne pas se laisser inti-
mider, il se leva et ouvrit la porte à un
commissaire de police, revêtu de son
écharpe et accompagné de plusieurs gendarmes.

« Vous avez sans doute des papiers?

» — Oui, monsieur.

» — Veuillez me les montrer.

» — Les voilà.

» — C'est cela même. Vous allez nous suivre.

» — Cependant, monsieur....

» — Vous allez venir avec nous, vous dis-je. »

» Ces derniers mots avaient été prononcés avec ce ton tranchant que l'on connaît à ces messieurs, et qui ne permet point de réplique; aussi Gustave se résigna-t-il à ne faire aucune objection. Il s'habilla et suivit immédiatement le commissaire, qui le conduisit, sous bonne escorte, dans l'une des prisons de la ville, et l'écroua comme prévenu d'avoir assassiné le comte Fernando Spontini, noble seigneur italien.

» Il est facile de concevoir combien dut être grande la surprise qu'éprouva le capitaine à la nouvelle de cette accusation. En effet, comment avait-on pu découvrir qu'il

était l'auteur de cet assassinat, puisqu'il
ne s'était décidé à le commettre qu'après
s'être parfaitement assuré que son rival et
lui fussent les seuls témoins de cette scène?
Ceci, toutefois, exigeait quelques explica-
tions : elles lui furent données par l'instruction de la procédure.

» Le comte avait bien été renversé par
suite du coup de feu qu'il avait essuyé;
mais la blessure n'avait pas été telle que
son meurtrier l'avait d'abord jugée. Quoique la balle eût traversé le corps de part en
part et eût, par conséquent, déterminé
la chute de celui qu'elle avait atteint, il
n'en était pas moins vrai que la blessure,
n'offrant aucun caractère dangereux,
avait laissé assez de présence d'esprit à
Fernando pour recueillir les dernières paroles de Gustave et assez de forces même
pour pouvoir les répéter au brigadier de
gendarmerie qui, revenant de correspon-

dance avec l'un de ses camarades et entendant un coup de feu, avait hâté sa marche
et était arrivé assez à temps pour donner
les premiers soins au comte, le ramener
en ville sur son cheval, et apprendre de
bouche les renseignemens qui devaient
servir à éclairer la justice. Telles sont
les circonstances qui facilitèrent les premières recherches et puis ensuite l'arres-
tation du capitaine.

» L'instruction d'une procédure n'est pas,
en France, ce qui caractérise le mieux les
sentimens philanthropiques des magistrats, leur amour de la justice, et, par suite,
n'est guère propre à leur faire sentir ce besoin de liberté si précieuse à tous les hommes en général. Un oubli total des premiers
devoirs du citoyen, un manque d'égards
pour son semblable et un laisser-aller,
pour ne rien dire de plus, tels sont les traits
caractéristiques qui distinguent le plus

ceux-là même qui, au lieu de se montrer consciencieux comme on serait en droit de s'y attendre de leur part, se laissent entraîner le plus souvent par des influences tout-à-fait étrangères à leurs devoirs et au cri de leur conscience.

» Au surplus, ces réflexions me sont tout-à-fait étrangères, je vous prie de le croire : elles m'ont été suggérées par le capitaine lui-même. Je ne connais en aucune sorte votre pays non plus que la forme de son gouvernement, et, quand bien même je les connaîtrais, vous devez être bien persuadé qu'un pauvre muletier espagnol, par suite de son défaut d'instruction, ne saurait, avec la meilleure envie du monde, se permettre de gloser sur des faits qu'il est peu à portée d'apprécier.

— Monsieur le conducteur de mules, vous me faites l'effet d'en savoir beaucoup plus long que vous n'en dites.

— Grand merci, seigneur français, de la bonne opinion que vous avez conçue de ma personne. Je regrette seulement de ne pouvoir la justifier en entier, et d'être forcé de convenir qu'elle n'est, en résultat, que la.suite de votre bienveillance en faveur d'un pauvre hère comme moi.

» Quoi qu'il en soit, il en résulta pour Gustave qu'au lieu de ne faire qu'un très-court séjour dans la prison de Marseille, il y resta plusieurs mois, et qu'il passa de la cour d'assises au bagne de Toulon, où il fut condamné à travailler durant vingt ans pour le compte du gouvernement.

» Ainsi qu'il vous a été facile de le remarquer, en comparant ces détails à ceux que vous a donnés le capitaine, il y a eu quelques omissions volontaires dans son narré : elles proviennent de la répugnance qu'il éprouve à convenir que deux fois en sa vie il a manqué de tact. Comme les deux circonstances qui y ont donné lieu sont à ses yeux des motifs suffisans pour déterminer sa mauvaise humeur et le blâme qu'il s'adresse à lui-même, il met le plus grand soin à les tenir cachées. Il les considère comme très-graves et comme ayant exercé une très-grande influence sur les événemens de sa vie. La première de ces fautes est celle de n'avoir point tué le comte, et la seconde de s'être ensuite laissé arrêter.

» Poursuivi par ces idées, il arriva au bagne où, comme il est facile de le penser, Gustave avait été précédé par quelques-uns de ses compagnons.

» Au lieu d'imiter en cela son exemple, et de vous narrer, sur ce lieu que je n'ai nulle envie de connaître, les minutieux et curieux détails qu'il m'en a racontés, je vous dirai tout bonnement que, comme ses pareils, le capitaine ne s'occupa qu'à

rechercher les moyens de recouvrer sa liberté.

» Pour un homme de son caractère, ce
ne devait pas être une chose fort difficile ;
aussi, après un séjour de quelques mois
seulement, il s'enfuit des galères et rentra
en Espagne, où il a depuis continuellement
résidé. »

Cet entretien, qui n'est ici qu'analysé
d'une manière encore très-succincte, avait
été pris et repris plusieurs fois en route :
il avait servi de passe-temps et contribué,
par cela même, à la faire paraître moins
longue à nos voyageurs, qui arrivèrent enfin à leur destination.

Edouard eut encore cette fois à regret-
ter de n'être pas arrivé assez tôt à San Lucar de Barameda, puisque les dames qu'il y
venait chercher en étaient parties dès la
veille à bord d'un navire qui se rendait à
Lisbonne.

Depuis qu'il avait entrepris de courir
sur les traces de son amante, ce frère infortuné n'avait jamais hésité, n'importe à
quelle heure du jour ou de la nuit, à saisir toutes les occasions qui lui étaient
offertes de chercher à s'en rapprocher.
Aussi, ayant appris que dès le lendemain
un bâtiment marchand devait mettre à
la voile pour se rendre en Portugal, il y
prit son passage et hâta, par cela même,
autant qu'il dépendait de lui, l'instant
du rapprochement.

Mais le destin semblait vouloir le lasser et lui être toujours contraire; car ces
dames avaient quitté Lisbonne, immédiatement après leur arrivée, pour aller à
Oporto, où il se rendit lui-même sans obtenir de résultat satisfaisant. Ce fut ainsi
que, de ville en ville, et pour ainsi dire
pas à pas, il suivit les traces d'Eliza sans
jamais pouvoir la rejoindre. Néanmoins,

I.   16

à un très-court intervalle l'un de l'autre, ils rentrèrent dans Bordeaux.

Non plus que dans les pays étrangers il n'était pas facile à nos deux amans de se joindre ; car s'ils eussent pu se voir sans contrainte en Espagne ou en Portugal, dans le cas où ils se seraient rencontrés, il n'en pouvait être de même en France, où l'entrée des communautés religieuses était expressément interdite. Quoiqu'il ne connût pas précisément celle qui renfermait Eliza, sachant positivement qu'elle habitait la même ville que lui, il résolut de tout tenter pour la découvrir.

C'est en vain que Belmond, en revoyant son fils, essaya, par tous les moyens possibles de persuasion, à le ramener à des sentimens plus dignes de lui, et, par conséquent, qui fussent plus en harmonie avec sa qualité de frère de celle qu'il poursuivait d'un amour que nos lois et nos mœurs condamnent également. Disposé à accueillir favorablement les conseils de son père, à les suivre même dans toute autre circonstance que celle qui avait rapport à sa passion, Edouard était sourd à sa voix et n'en persévérait que davantage, s'il est possible, dans la poursuite de son projet.

Il résulta de ces diverses circonstances que, maudissant le sort affreux que la Providence semblait lui avoir assigné, le trop malheureux Belmond se détermina à ne plus mettre en usage ses conseils, puisqu'ils ne faisaient qu'irriter son fils, mais à invoquer du moins, et comme dernière ressource, les décrets de la Divinité, à l'effet de faire échouer les tentatives criminelles que ses enfans pourraient essayer pour se rapprocher. Quant à Edouard, il se résolut à visiter, autant qu'il le pourrait, les divers couvens de femmes qui affluaient dans la ville.

Comme les règles extrêmement sévères de ces sortes de maisons ne permettent guère aux curieux de se satisfaire sur ce point, il dut faire dépendre de son obstination et des hasards seuls la réussite des recherches minutieuses auxquelles il se résolut à se livrer.

Néanmoins, en venant s'offrir à lui, une circonstance fortuite sembla aussi devoir lui faciliter les moyens d'obtenir un résultat quelconque. Il s'agit de cette époque de l'année à laquelle les membres de l'Eglise catholique visitent les églises et les lieux saints à l'effet de s'y livrer aux pratiques de leur religion.

Nous étions arrivés à l'époque du vendredi-saint, et si l'immense population bordelaise, déterminée par dévotion ou par un sentiment de curiosité, s'était mise en émoi pour faire ses stations, il est facile de penser que, mû par un motif non

moins puissant que celui de ses concitoyens, l'amoureux et ardent Edouard
n'était pas demeuré chez lui. De son côté,
il s'était mis en visite d'églises, les avait
presque toutes parcourues sans rencontrer
la moindre trace de ce qu'il y cherchait.

Déjà le crépuscule, en annonçant la fin
de la journée, semblait aussi devoir lui
laisser peu d'espoir pour ce jour-là, lorsqu'étant entré machinalement dans une
chapelle qui se trouva placée sur son chemin et située près de l'église Saint-Seurin,
où plusieurs voix de femmes faisaient entendre des chants religieux, il crut reconnaître celle d'Eliza. Il écouta plus attentivement encore, et, malgré la diversité des
tons et le bruit des instrumens de musique
qui quelquefois couvraient les accens mé-
lodieux de ces filles du ciel, il se convain-
quit que ce n'était pas une erreur et que

sa sœur faisait réellement nombre parmi elles.

Comment aurait-il pu se méprendre au point de méconnaître la voix de celle qui exerçait sur tous ses sens un espèce de fol enivrement, lui qui, si souvent, s'était extasié devant elle? Ayant donc acquis la certitude qu'il venait de retrouver, dans cette chapelle et parmi les femmes qui y faisaient entendre des chants religieux, celle que depuis si long-temps il cherchait, Edouard n'oublia pourtant pas, dans le délire de sa joie, de prendre les précautions nécessaires dans cette circonstance. Il sut, et cela sans avoir l'air d'y mettre la moindre importance, que les religieuses qui chantaient ces cantiques appartenaient à l'ordre des dames de la Visitation, et que la chapelle dans laquelle il se trouvait en ce moment

était précisément celle de cette maison
religieuse.

Le quartier Saint-Seurin, dans lequel
était situé le bienheureux couvent qui
désormais allait devenir le point de mire
du trop amoureux Edouard, se trouvait
être l'un des quartiers les plus isolés de la
ville. Long-temps, et toujours en vain, il
avait fait le tour des murs de cette sainte
habitation, sans jamais, et à cause de leur
extrême élévation, avoir pu remarquer
ce qui se passait dans leur intérieur. Un
amant passionné, on le sait, n'est pas facile
à lasser; il s'irrite, au contraire, par suite
des obstacles; et pourtant, malgré son
ardent amour pour Eliza, il est probable
qu'il eût vu son zèle se ralentir, à cause
des difficultés, si une nouvelle pensée de
laquelle découlait quelque espoir n'était
venue, pour ainsi dire, donner de la
vigueur à son projet.

Edouard s'était aperçu que le couvent
des dames de la Visitation était un vaste
et beau bâtiment entièrement détaché de
toute espèce d'habitation étrangère à l'é-
tablissement, et qu'il formait à lui seul,
par conséquent, une partie distincte du
quartier où il était situé. Des maisons élevées de plusieurs étages étaient construi-
tes, pour ainsi dire, tout autour, et celles
qui se trouvaient être le plus à portée
des murs fort élevés de clôture du jardin
semblaient précisément aussi, et par cela
même, avoir été à dessein beaucoup plus
exhaussées que les autres.

Notre jeune homme, car jusques où ne
s'étend par la perspicacité d'un amant?
avait remarqué que quelques-unes de ces
maisons avaient attaché des écriteaux à
leur porte pour indiquer qu'il y avait des
appartemens vides ou meublés à louer. Il
les examina attentivement, et, s'étant as-

suré que l'une d'elles était dans une meilleure situation à favoriser son dessein, il
se présenta au propriétaire et y retint, au
troisième étage, une chambre garnie de
laquelle la vue plongeait en entier dans
le jardin du couvent.

Dans cet état de choses, il devenait essentiel de recourir à un moyen quelconque pour se débarrasser de l'espèce de surveillance qu'exerçait continuellement sur
lui l'auteur de ses jours. Le meilleur, à ses
yeux, fut celui de prétexter le nouveau
besoin des voyages comme moyen de distraction et comme devant également servir à son instruction. Par suite de la situation d'esprit où ils se trouvaient placés
vis-à-vis l'un de l'autre, Edouard eut peu
de peine à obtenir l'entier assentiment de
son père.

Après avoir fait, en sa présence, tous
les préparatifs convenables à l'entreprise

d'une longue route et lui avoir fait ses
adieux, le fils de Belmond vint se renfer-
mer dans la prison dont il avait fait choix
et de laquelle il espérait revoir celle qu'il
adorait.

Que la retraite donne de sagesse, et que
ces enquêtes continuelles sur ce qu'on
éprouve, sur ce qu'on désire, révèlent
bien le secret du bonheur ! Il est en nous,
le bonheur, mais non pas tout entier. Toujours, quand on est dans l'isolement, les
idées se reportent vers un objet, un être
qui vous a séduit, dont le souvenir flatte,
qu'on attire et qu'on attache par des
vœux ardens et un besoin impérieux....
qu'il est pourtant impossible de satisfaire.

Cette situation est un supplice.... et ce
supplice a ses charmes. Ce n'est point un
vain mot; on jouit de ses chagrins, on s'y
enfonce, on y pénètre avec une sorte

d'emportement, et on préfère cette amertume aux fausses douceurs des distrac-
tions passagères.

Les deux sexes s'accusent réciproquement d'être volages. Oh! non, les uns et
les autres ne le sont point : les hommes
comme les femmes naissent constans et
dévoués; c'est le monde et ses leçons qui
les égarent. Mais quand un grand événement les rejette vers la nature, les uns et
les autres retrouvent cette énergie et cette
félicité primitives...

Qui détermine la folie ou la légèreté
chez les femmes, si ce n'est la légèreté
même des hommages qui leur sont offerts
et le peu de confiance que leur inspire
ceux qui les leur adressent? Elles ont besoin d'un soutien et d'un appui. Heureuses celles qui d'abord le rencontrent
et dont le cœur se sent dès les premiers
pas enchaîné par des liens éternels!

Dans les mêmes circonstances, avec les mêmes élémens et les mêmes caractères, les actions et les résultats sont les mêmes. Le hasard préside à toutes les destinées. Du mal au bien, comme du bien au mal, le pas est glissant et la pente insensible. La face des choses ne se présente pas toujours claire et pure. Le choix d'un moment décide du reste de la vie. Les vertus ou les vices ne sont que des nuances délicates que ne distinguent pas nos yeux imparfaits : et toutes, oui, toutes les femmes marchent en aveugles vers la réprobation ou vers l'apothéose!

Relégué dans sa chambre, les jours d'Édouard s'écoulèrent lentement, car sa vie était toujours la même. Il y restait absorbé dans des pensées profondes. Rien ne paraissait, et cependant il espérait toujours. Dans un cœur plein d'amour la patience est inépuisable. Il n'existait plus

qu'à sa fenêtre... C'est par là qu'il espérait
la revoir. Ceux qui passaient devant la
maison où il était logé étaient sans doute
bien surpris de le retrouver toujours à la
même place. Ils lui supposaient vraisem-
blablement de peu louables desseins. Les
hommes sont toujours dupes de fausses
apparences, et leurs censures ne s'appuient
le plus souvent que sur l'erreur.

D'où naît donc ce désir de blâmer qui
se montre dans tous les cœurs? Pour quelques jours que l'on doit passer sur la
terre, on les perd en de vagues discours
dictés par l'envie, sans cesse debout et
attentive. Qu'enviez-vous, malheureux,
et que blâmez-vous? A quelles balances
pesez-vous les actions de la vie humaine?
Où est votre justice et votre raison? C'est
votre unique intérêt qui vous conseille et
vous guide. Vous proclamez les sentences
les plus iniques, si c'est à votre profit

qu'elles sont rendues, et vous étouffez par vos murmures la voix qui prononce l'arrêt équitable de votre condamnation.

Qu'importait, à ce jeune homme, les éloges ou le blâme? Que pouvait lui faire l'opinion du public?.... Cette fenêtre était son poste, et il y demeurait fidèle.....

Quelle force, se disait-il à lui-même, fait mouvoir cette foule errante? Où vont ces gens qui se suivent et qui se hâtent?... Mais quelle autre affaire que la mienne doit m'inquiéter? elle est assez pressante et assez triste. Celle que j'aime...

Oh! découverte précieuse et inattendue! Quel baume elle a mis dans son sang! Il respire enfin, et un rayon de joie a brillé dans son cœur. Édouard était à sa fenêtre et la nuit approchait. Il n'avait rien vu ce jour-là, rien encore.... Mais cependant un léger bruit, occasioné par les branches d'un arbre que l'on sépare avec précaution, se fait entendre en face de lui. Serait-ce elle, grand Dieu?... Ses forces semblent s'anéantir.... Il redouble d'attention, et qu'on juge de sa surprise : Éliza, en habit de religieuse, se fait voir à lui, montre un papier et le lance dans la rue, où, fort heureusement, en cet instant, personne ne passait. De la main, Édouard envoie un baiser à son amante et descend aussitôt de quatre en quatre les marches de son escalier, au risque de se casser le cou ; il arrive à la rue, se saisit de la bien-heureuse missive, et remonte dans sa chambre sans avoir été aperçu de qui que ce soit.

La position extraordinaire dans laquelle se trouva Édouard en ce moment serait trop difficile à décrire. Pour être bien à même de l'apprécier, il suffira de se reporter aux événemens qui avaient précédé

celui-ci. Son unique pensée, que sa conduite, du reste, avait parfaitement bien
justifiée, n'avait jamais eu d'autre but que
celui de sa réunion avec Éliza, et il paraissait toucher au moment de voir se
réaliser ses plus chères espérances.....

A peine fut-il rentré dans sa chambre
et en eut-il fermé la porte à la clef, qu'il
se jeta sur un canapé et y resta pendant
quelques instans, les yeux fixés sur le cahier de papier qu'il tenait dans sa main,
et absorbé dans l'une de ces situations
d'esprit que l'on ressent mais qu'on n'explique pas. Il désirait connaître ce que
renfermait cet écrit et redoutait en même
temps de le lire. Pourtant il fallait se prononcer, et, comme on le concevra aisément, son amour et sa curiosité l'empor-
tèrent : il ouvrit le papier, en lut et relut
plusieurs fois de suite le contenu.

Non moins bonne sœur que tendre

amante, Éliza lui faisait connaître les
moyens qui avaient été mis en usage pour
la dégoûter d'un monde qu'on lui avait
présenté comme plein d'écueils et de
dangers pour les personnes de son sexe.
Pour mieux lui démontrer l'égoïsme des
hommes et leur indifférence envers les
femmes, on lui avait cité l'exemple de son
frère qui, paraissant lui être sincèrement
attaché, venait néanmoins de se marier,
sans lui en rien dire, et, par cela même
qu'elle était riche, d'épouser une demoiselle qu'il ne connaissait seulement pas
avant d'en venir à contracter avec elle
cette union.

Cette dernière circonstance, plus pé-
remptoire à elle seule que toutes les autres, comme il est facile de le croire, avait
fixé son incertitude et déterminé sa résolution à seconder les projets perfides
qu'on avait contre sa liberté. Elle s'était

donc rendue aux pressantes sollicitations de ses compagnes, qui n'étaient vraisem-blablement, en cela, que les interprètes fidèles des volontés de son père. Mais en prononçant des vœux si différens de ses désirs, si contraires à sa propre volonté, si elle eût été libre, elle n'hésita pas à dé-clarer que le sacrifice qu'on exigeait et qu'elle consentait à faire était le plus pé-nible qu'on pût lui imposer. Elle l'avait donc consommé ce sacrifice, tout en s'a-percevant combien ses doléances étaient inutiles; mais, comme dernière ressource d'un esprit faible et sans appui, elle s'était résolue tout aussitôt à concentrer au fond de son cœur tout le mécontentement et le vif déplaisir qu'elle ressentait.

La conduite si peu prévue d'Edouard lui avait fait répandre des larmes : elles étaient venues souvent très-à-propos pour servir de contre-poids à son vif chagrin

et le lui rendre plus supportable. La supérieure de son couvent n'avait pas été
sans les apercevoir ni sans s'identifier aux
peines de la jolie religieuse : aussi avait-
elle gagné sa confiance. Avec cette amé-
nité si familière aux personnes de son
état, cette femme, qui, du reste, n'était pas
dénuée de mérite, s'était rendue la confi-
dente indispensable de sa jeune amie, et
l'avait facilement décidée à l'accompagner
dans le voyage qu'elles firent ensemble.

Pour lever toutes les difficultés que
la scrupuleuse Éliza n'avait cessé d'opposer, pendant long-temps, à ce projet d'une
excursion en pays étranger, la supérieure
lui présenta ce voyage bien plutôt comme
un moyen de distraction et devant, par
conséquent, faire diversion à ses ennuis,
que comme affaire religieuse : cette considération détermina son assentiment, et
elles partirent.

De retour au couvent, Eliza y avait rapporté ses chagrins et son regret d'avoir quitté un monde qu'elle n'avait pas assez connu pour le fuir. Au lieu d'être diminué, comme son amie la supérieure le lui avait prédit, son amour pour Edouard n'avait fait que s'accroître. Ainsi, ce voyage n'avait servi qu'à lui occasioner une surabondance de peines.

Ce n'était plus au milieu des compagnes ni même auprès de la supérieure qu'Eliza cherchait des ressources contre ses ennuis : elle ne se plaisait que dans la solitude et saisissait avec empressement toutes les occasions qui s'offraient à elle de s'isoler de celles dont naguère elle partageait les plaisirs. Souvent, très-souvent même, les unes et les autres lui en avaient amicalement fait des reproches ; mais ses prières, ses larmes et sa persévérance dans ce nouveau plan ae conduite firent

cesser toute plainte à ce sujet, et l'on crut
devoir, par amitié, la laisser libre d'agir
comme elle le jugerait à propos.

Le jardin des dames de la Visitation
était spacieux et offrait, dans son enceinte,
plus d'un lieu favorable à la méditation.
C'était à ceux-là précisément qu'Eliza ac-
cordait la préférence, tandis que, par des
motifs contraires, ses compagnes recher-
chaient les endroits où elles pouvaient
plus facilement se livrer à leurs jeux.
Dégagée de toute espèce d'influence, seule
avec ses ennuis, cette tendre amante se
complaisait à se nourrir de pensées qui,
malgré qu'elles n'offrissent rien de bien
réel, n'en contribuaient pas moins à lui
procurer quelque soulagement.

Un jour que, suivant sa coutume, elle
se rendait dans le lieu qui, si souvent,
avait été témoin de ses larmes, et qu'elle y
marchait avec la résolution, sans doute,

d'y en répandre encore, un sentiment ins-
tantané et qu'elle n'aurait pu s'expliquer
la détermina, contre l'ordinaire, à élever
ses yeux vers le ciel comme pour l'invoquer à son aide. Ce mouvement, duquel
depuis long-temps elle avait perdu l'habitude, car elle les fixait continuellement
vers la terre comme une suite naturelle
de la disposition de son esprit, lui fit remarquer un homme qui, placé à l'une des
croisées d'une maison qui lui faisait face,
semblait fixer attentivement ses regards
vers le lieu où elle était prisonnière.

Eliza considéra quelques instans et
avec curiosité ce singulier personnage
qui semblait comme cloué à sa fenêtre.
Sans qu'il lui fût possible de se rendre compte du motif qui la portait à
en agir de la sorte, elle voulut connaître la raison qui le faisait se tenir ainsi.
Du lieu où elle était on ne pouvait l'a-

percevoir, à cause de l'épaisseur des feuil-
lages, et, de son côté, elle pouvait tout
voir. Cette circonstance, augmentant sa
sécurité, excita en elle une plus forte dose
de curiosité. Mais qu'on juge de sa surprise lorsque, dans les traits qu'elle exa-
mine attentivement, si toutefois ce n'est
pas l'effet d'une illusion, elle croit reconnaître ceux de ce frère, de cet amant dont
elle est idolâtre.

Pour mieux s'assurer que ce n'est pas un
songe ni le résultat d'un délire de ses sens,
Eliza regarde encore, et reste convaincue
que ses yeux ni ses désirs ne la trompent
point, et que c'est bien Edouard qui se
trouve en face d'elle. Immédiatement
après avoir acquis cette conviction bien
intime, Eliza réfléchit aux moyens qu'elle
pourrait employer pour lui faire savoir de
ses nouvelles. L'esprit ingénieux d'une
femme ne saurait être jamais mis en dé-

faut; aussi se résolut-elle à consacrer la
nuit entière, s'il le fallait, à lui écrire et à
lui faire parvenir, dès le lendemain, le
narré qu'elle se proposait de lui tracer.

Lorsque le moment de rentrer dans
l'intérieur du couvent fut venu, Eliza,
quoique à regret, s'arracha du lieu où elle
était en observation. Un sentiment mêlé
de joie et de douleur tout à la fois l'accompagna dans son trajet. Elle venait de
voir l'objet de sa prédilection, elle espérait le revoir encore, et les réflexions que
cet événement lui suggérait n'étaient pas
de nature à calmer de suite l'état d'anxiété
qu'elle ressentait en ce moment. En venant ainsi examiner les alentours de la
maison où elle était enfermée, il était probable que son frère ne l'avait jamais ou-
bliée, et qu'on lui en avait imposé dans
tout ce qui lui en avait été dit de défavo-
rable.

Ces dernières pensées l'absorbaient entièrement lorsqu'elle rentra dans sa chambre, où elle s'occupa immédiatement de la
rédaction de son petit manuscrit. La nuit
entière fut consacrée dans cet acte important, et elle ne le termina pas sans recom-
mander expressément à celui auquel elle
s'adressait de vouloir bien user du même
moyen pour lui faire connaître ce qui le
concernait.

Ainsi qu'elle l'avait pressenti, en retournant au jardin le jour d'après, elle
aperçut Edouard à sa croisée et dans la
même situation que la veille. Voulant éviter tout ce qui pourrait la compromettre,
sachant d'ailleurs que la rue qui la séparait d'auprès du lieu qu'il habitait était
peu fréquentée, elle profita d'un instant
favorable pour grimper jusqu'à la hauteur
de la muraille, ce qu'elle put facilement

effectuer au moyen d'un espalier qui y
était accolé, se montra un instant à son
frère, et, certaine d'en avoir été aperçue,
elle lui lança son écrit.

CHAPITRE VII.

—

ORIGINE DOUTEUSE.

—

Depuis long-temps, Edouard avait terminé la lecture du précieux manuscrit
que lui avait adressé sa sœur ; il le tenait
toujours dans ses mains, les yeux fixés
dessus, et, bien éloigné de songer à pren-

dre une détermination quelconque, il restait absorbé par une foule de réflexions.

Cependant, cet état d'anéantissement ne pouvait se prolonger indéfiniment : aussi, lorsqu'il eut entièrement cessé, fut-il remplacé par la pensée immédiate de faire à Eliza la réponse qu'elle attendait pour le lendemain. Ce n'était ni le moment ni le cas de montrer moins d'empressement ni moins d'amour qu'elle n'en avait fait paraître. Agir différemment qu'elle ne l'avait fait dans cette circonstance eût été faire preuve d'ingratitude, d'indifférence même, et le frère d'Eliza était peu capable de mériter de tels reproches : aussi mit-il tous ses soins à lui retracer jusqu'aux particularités les plus simples de l'existence pénible qu'il avait menée loin d'elle.

L'exemple qu'il avait reçu de sa sœur, dans cette circonstance, ne fut pas perdu pour lui. Ne voulant lui être inférieur en aucune sorte, il consacra également la nuit entière à lui retracer toutes les angoisses de son âme et le besoin qu'il éprouvait de se réunir promptement à elle pour ne plus s'en séparer. Les pages qu'il consacra à retracer tout ce qu'il avait souffert loin d'une femme qu'il adorait exprimaient d'un bout à l'autre la vive passion qu'il ressentait. Ce n'était pas seulement un simple langage d'amour, c'était l'expression brûlante de sa vive tendresse.

Le jour commençait à poindre et sa chandelle brûlait encore lorsqu'il termina son énorme cahier. Bien convaincu qu'Eliza ne dormait point et qu'elle attendait sans doute sa réponse, il ouvrit sa croisée et regarda dans le jardin, où, en effet et à la même place que la veille, il aperçut sa sœur, qui, dans cette pénible position, avait passé la nuit à penser à lui et à examiner ce qu'il faisait. Il lui envoya, de la main, un million de baisers, qui furent échangés, et lui jeta par-dessus la muraille son importante et volumineuse missive.

Quoique la jolie recluse n'eût pas fermé l'œil de la nuit et qu'elle l'eût consacrée tout entière à observer ce que faisait Edouard dans sa chambre, elle ne se hâta pas moins de rentrer dans la sienne pour y dévorer le contenu du bienheureux paquet qu'elle venait de recevoir et y répondre même. Il résulta de l'activité réciproque de ces deux amans qu'une correspondance très-active s'engagea entre eux, et que souvent, dans la même journée, ils eurent le loisir de s'écrire plusieurs lettres sans toutefois avoir jamais été aperçus.

Il fallait cependant mettre un terme à cet état d'incertitude : c'est de quoi leurs missives s'étaient occupées. Le projet d'une évasion du couvent avait été combiné, et le temps seul de se procurer les objets nécessaires pour le faciliter en avait retardé l'exécution. Edouard s'était bien pourvu d'une échelle de cordes et de tout ce qui pouvait généralement faciliter à sa sœur l'escalade du mur ; mais, comme le clair de la lune gênait encore leur dessein, ils attendirent que la nuit, devenue plus sombre par la disparition totale de cet astre, vint rendre plus facile l'exécution de leur projet.

Le jour qui précédait cette nuit tant désirée arriva enfin, et les deux amans, en s'écrivant leurs dernières lettres, purent se dire, sans crainte d'être contredits, que quelques instans encore de résignation et puis ensuite leurs vœux seraient entièrement comblés.

En feignant de quitter la France et de retourner en Italie, Edouard, qui avait

conservé des relations amicales dans ce
pays, avait eu aussi la précaution d'écrire
à l'un de ses amis et de le prier de lui
renvoyer à Bordeaux toutes les lettres qui
lui seraient adressées. Ce jour-là et à nuit
close on lui en remit plusieurs. Dans le
nombre, il s'en trouvait deux de l'écriture de son père. Elles étaient d'une date
très-rapprochée, et, dans leur contenu, ce
malheureux vieillard, annonçant à son fils
qu'il était au plus mal, le suppliait instamment de se rendre auprès de lui pour assister à ses derniers momens. Une troisième lettre, d'une date toute récente et
d'une écriture tout étrangère, lui annon-
çait que l'auteur de ses jours étant à la
dernière extrémité, il lui importait beaucoup de venir connaître ses dernières
volontés et recueillir même son dernier
soupir.

La nuit était trop avancée, et par con-

séquent il était trop tard pour écrire à
Eliza et contremander le projet d'évasion. Il se résolut à l'exécuter, mais à se
rendre ensuite auprès de son père, sans
toutefois faire connaître à sa sœur le véritable motif qui le contraignait à la quitter
sitôt.

Edouard n'avait aucun préparatif à faire
pour simuler un voyage; il avait laissé ses
bagages chez l'un de ses amis et n'avait
fait transporter dans sa chambre que les
effets qui lui étaient d'une absolue nécessité. Pour rendre donc plus vraisemblable,
aux yeux des gens de la maison de son
père, son retour d'Italie, il écrivit à son
ami que sur les deux heures du matin il
ferait reprendre le dépôt qu'il avait cru devoir momentanément lui confier. Toutes
ces dispositions, qui peuvent paraître pué-
riles, mais qui au fond prouvaient en faveur
de sa rare prévoyance, ayant été prises, il

attendit patiemment l'heure du rendez-
vous.

Il ne se fit pas long-temps attendre. La
nuit était des plus sombres et semblait
par cela même vouloir favoriser son projet. De sa croisée il épiait l'instant favorable, lorsque l'horloge de l'église Saint-
Seurin sonna une heure du matin, et tout
aussitôt il entendit le signal convenu :
c'étaient trois coups frappés dans la main
que, de l'intérieur du jardin, Eliza devait
faire entendre.

Il descendit immédiatement et avec
précaution dans la rue, évitant ainsi d'é-
veiller qui que ce fût dans la maison et
d'inspirer le moindre soupçon de ce qu'il
allait faire. Rendu auprès du mur d'enceinte du couvent, il y plaça son échelle,
franchit le léger obstacle qui le séparait
encore d'Éliza, la pressa bientôt et long-
temps contre son cœur, l'aida enfin à mon-

ter et à descendre la muraille, et puis ensuite l'amena dans sa chambre. Là, et
pendant quelques instans, nos deux amans
purent, sans contrainte, s'abandonner au
vif penchant qui les entraînait l'un vers
l'autre. Ils avaient beaucoup de choses à
se dire; mais le moment n'était pas op-
portun. Edouard avait un devoir sacré à
remplir, et il ne l'avait pas non plus oublié.

Comme leur projet était de sortir de
France le plus promptement possible, il
dit à Eliza qu'il n'avait encore pu terminer tous les préparatifs de leur fuite et
qu'il était important, ne pouvant et ne
voulant pas se montrer de jour, qu'il fût
les hâter. « Peu d'instans, lui dit-il, me
suffiront. Aussitôt que j'aurai tout ar-
rangé, je reviendrai te prendre, et puis
ensuite nous quitterons notre patrie pour
aller chercher dans une autre le bonheur

que nous n'avons pu y goûter. » Confiante dans les sentimens d'affection et d'amour de son frère, Eliza l'embrassa encore, le pressa de nouveau contre son cœur, et puis ensuite lui recommanda d'être absent le moins de temps possible. Edouard sortit en le lui promettant.

Ainsi qu'avaient pu le lui faire pressentir les diverses lettres qu'il avait reçues, Edouard trouva son père fort mal. Toutefois la vue de son fils sembla lui donner de nouvelles forces : c'est, du moins, ce que lui dit ce vieillard en l'embrassant et en le priant de vouloir bien s'asseoir à côté de son lit afin de mieux entendre ce qu'il avait à lui raconter.

« J'approche, mon cher Edouard, de mes derniers momens. Je me sens faiblir. La mort, l'impitoyable mort qui ne respecte personne, pas même les rois, et que, pour mon compte, je ne redoute plus

puisque vous êtes auprès de moi, ne peut
tarder à saisir sa proie et à m'entraîner
avec elle. En douter encore serait me
faire une illusion dont je suis peu capable,
et de laquelle, d'ailleurs, il est important,
pour vous comme pour moi, que je ne
commette pas la faiblesse.

» Ce langage peut vous paraître étrange,
cacher même un mystère : je ne vous con-
tredirai pas. Il vous importe seulement
que je m'explique, et, pour cela, il est
nécessaire que je me reporte, non pas aux
premières années de mon enfance, parce
que cela nous conduirait trop loin et
qu'ensuite elles vous offriraient peu d'intérêt, mais à l'époque qui a précédé de
fort peu de temps l'époque de mon mariage.

» Je voyageais en Italie pour mon agrément et mon instruction. Comme vous, et
comme la plupart des jeunes gens qui ai-

ment les arts et les sciences, j'avais voulu
visiter celte terre classique, si fertile en
hommes célèbres et en monumens remar-
quables. J'avais tout vu, tout admiré, et,
non moins enthousiaste que mes devan-
ciers, je parcourais à pied les Apennins
dans l'intention d'en observer les beautés
et puis ensuite de me rendre en Allemagne, lorsque, m'étant donné une entorse,
je fus contraint de m'arrêter quelques
jours dans une cabane de fort triste apparence.

» Comme mon indisposition était des
plus légères et qu'un peu de repos devait
seul suffire à mon entier rétablissement,
je trouvai aisément auprès de mes hôtes,
autant que le comportait leur excessive misère, ce que ma position nécessitait. Cette
famille, dont je ne me rappelle avoir jamais vu le pendant en fait de dénûment
absolu, se composait d'un homme extrê-

mement âgé, de sa femme qui ne l'était
guère moins, et de leur jeune fille qui,
quoique salement vêtue, me parut être
cependant douée d'une belle physionomie.
Plus je la considérais, plus je trouvais
que ses traits avaient une riche expression.
Mes regards semblèrent d'abord l'embar-
rasser, puis ensuite elle se familiarisa avec
eux, et finit même, à son tour, par me regarder avec bonhomie.

» Antonia (tel était le nom de la jeune
fille) avait échangé plusieurs fois avec
moi quelques mots de conversation, mais
toujours en présence de ses parens. J'avais
cru remarquer quelque embarras de sa
part, lorsque le hasard nous avait mis en
tête à tête. Un jour que nous étions seuls
ensemble, je lui en fis l'observation. Elle
me répondit, avec candeur, que je ne devais en attribuer le motif qu'à son peu
d'usage du monde et à la rare circon-

stance d'être placée seule en présence d'un étranger.

» Sans qu'il me fût possible de me rendre compte du motif qui me portait à en agir de la sorte, je désirai particulièrement la connaître. Dans l'entretien que nous eûmes, je me trouvai dans le cas de remarquer qu'elle s'exprimait quelquefois beaucoup mieux qu'on n'aurait dû l'attendre de sa position, et que, s'apercevant sans doute, et à regret, de ces mouvemens oratoires, elle changeait de ton et reprenait aussitôt un langage plus approprié à son état. Je lui en fis l'observation. Elle balbutia quelques mots d'excuse. J'insistai, et j'obtins enfin l'aveu sincère qu'elle n'était pas, en effet, ce que d'abord elle avait voulu paraître à mes yeux. Voici ce qu'elle me dit :

« Il pourra vous sembler étrange, dans la position où je me trouve, d'entendre

sortir de ma bouche que je suis née près
du trône. Rien cependant n'est plus vrai,
et si, dans ce moment, une couronne n'est
point placée sur ma tête, c'est que la divine
Providence, en me faisant descendre de
si haut à l'état d'abjection où je suis, n'a
voulu que mieux s'appesantir sur moi, et
me faire sentir qu'il ne faut compter sur
rien; car rien n'est stable ici-bas.

» Je suis l'un de ces exemples frappans
et rares en même temps, que de temps à
autre on donne aux faibles humains pour
les corriger de leur morgue insolente ; car
celui qui possède le matin la position sociale la plus élevée peut, le soir du même
jour, et comme moi, être réduit à la plus
affreuse détresse. Mais les rois de la terre
sont incorrigibles dans leur fol aveugle-
ment, et, persistant dans leur vanité bien
coupable, ils pensent ne ressembler en
rien à la plupart des autres hommes.

» Par cela seul que je ne dois ma chute
et, par suite, mes malheurs à aucune action que je ne puisse hautement avouer,
il m'est beaucoup plus pénible d'avoir vu
se consommer ma ruine.

» Mon père, étant dey d'Alger, y fut assassiné par un chef ambitieux, et ma
mère, l'infortunée Zuléma, contrainte de
prendre la fuite et de venir chercher un
asile en Europe, vient d'être impitoyablement assassinée par un monstre auquel
je n'ai pas voulu reconnaître le droit de
disposer, en sa faveur, de mon cœur et de
ma main.

» Un seigneur italien, le comte Fernando Spontini, propriétaire des ruines
qui sont peu éloignées d'ici, est l'auteur
de ce meurtre abominable. Si, de mon
coté, je n'ai pas suivi ma malheureuse
mère dans la tombe, c'est que sans doute

l'Etre suprême me destinait un sort tout autre.

» Après s'être emparé des richesses que nous possédions et qui étaient un faible débris de celles que nous avions en Afrique, et avoir tenté par tous les moyens imaginables de me faire condescendre à ses infâmes désirs, ce monstre, vomi par les enfers, m'a abandonnée dans les nombreux souterrains de son infernal repaire, d'où, après deux jours entiers passés dans le jeûne le plus complet, je ne suis sortie que pour me traîner ici mourante de faim et de fatigue. Ces bonnes gens ont bien voulu m'y donner un asile.

» Je compte y être à l'abri des nouvelles persécutions que pourrait vouloir me susciter celui qui déjà m'a fait tant de mal. Mais je ne dois point vous le taire, j'ai peu lieu de craindre sa noire scélératesse ; car je ne possède plus rien, et, s'il faut vous le dire, ma fortune le tentait encore davantage que ma personne. Je vous avouerai également que je n'ai pas encore songé sérieusement à ce que je deviendrai, aux moyens de me créer des moyens d'existence et un avenir, tant mes pensées sont absorbées par la gravité de mes chagrins.»

» J'avais été dans le cas de mieux l'observer, et, en l'entendant parler, je trouvai qu'elle avait non-seulement de l'esprit naturel, mais qu'elle paraissait avoir reçu une éducation distinguée et peu comparable à l'idée que je m'étais faite de celle qu'on pouvait recevoir dans un pays tel que le sien. Je lui en fis l'observation.

« La remarque que vous voulez bien me faire, au sujet de mes faibles talens, ne m'étonnerait pas de la part de tout autre ; mais de la vôtre, je l'avoue, elle a lieu de me surprendre.

» — Pourquoi ?

» — Parce qu'avec l'instruction que vous paraissez avoir vous-même, il ne doit pas vous sembler étonnant qu'ayant la faculté et les moyens d'acquérir des connaissances utiles, ma famille n'ait profité des ressources que lui offraient les savans de tous les pays qui viennent explorer nos climats.

» — Je reconnais la justesse de votre raisonnement. Permettez-moi, en même temps, de vous engager à tarder le moins possible à vous retirer de la fausse position dans laquelle vous êtes placée. Elle est par trop peu en rapport avec ce que vous êtes en droit de prétendre.

» — Tout en causant avec vous, j'y songe. Cependant, pour aller ainsi chercher dans le monde à me créer une existence honorable, il me semble que beaucoup de choses me manquent.

» — Vous possédez des connaissances utiles, des arts d'agrément, et sans doute quelques sciences : avec ces choses-là on ne meurt jamais de misère.

»— Sans contredit. Mais une jeune fille, sans expérience et sans appui, peut-elle espérer de réussir, sans obstacles, dans une pareille entreprise?

» — Oui, si elle tient une conduite honorable.

» — Et tout en remplissant les devoirs qui lui sont imposés par sa conscience, poura-t-elle compter sur le concours des honnêtes gens? Ceux-ci, exempts d'aucune faiblesse, ne se laisseront-ils pas aller à ce penchant qui entraîne tous les hommes, sans exception, à concevoir de notre sexe une mauvaise opinion plutôt qu'une bonne? S'il en était ainsi, ce que mon peu d'usage d'un monde que je ne connais encore que par ouï-dire peut me faire prévoir, ne penserez-vous pas avec moi qu'il me vaudrait mieux vivre ignorée et honorée dans ces montagnes, que d'aller chercher de la considération dans les villes, où il est peu vraisemblable qu'on voulût m'en accorder?

» — Votre façon de penser de la société en général est de la plus grande exactitude; mais cependant....

» — Je puis faire exception à la loi commune et réussir, me direz-vous. Un pareil espoir détermine toujours un malheureux, je le sais, dans ses tentatives; mais si, après avoir fait de vains efforts, j'étais déçue dans mon attente, vous conviendrez avec moi qu'il eût beaucoup mieux valu ne pas en faire l'essai.

» — Le malheureux ne doit jamais perdre courage.

» — Aussi ne m'a-t-il jamais abandonnée.

» — Il faut espérer que la Providence se lassera de s'appesantir sur vous ; et qu'un meilleur avenir viendra vous dédommager de toutes vos peines.

» — En m'entretenant avec vous, j'en envisage la possibilité.

» — Comment ?

» — Beaucoup plus que vous ne pensez, vous m'avez fait voir ma position sous son véritable point de vue. Mon projet est définitivement arrêté.

» — Quel est-il ?

» — De savoir être heureuse.

» — Vous avez peut-être besoin de quelques conseils, d'un appui ? Je vous offre volontiers mon concours.

» — L'avenir que je compte me préparer n'en réclame nullement.

» — Vous refusez donc mes offres ?

» — Non pas précisément.

» — Mais pourtant....

» — C'est qu'en ne quittant plus ces montagnes, les uns et les autres ne sauraient m'être nécessaires.

» — Eh quoi! vous voulez renoncer à l'espoir d'être heureuse? vous voulez vous séquestrer de la société, et fuir, par cela même, un monde dont vous devez être le plus bel ornement? Il n'en saurait être ainsi.

» — En me flattant, vous vous faites trop illusion.

» — Je suis sincère.

» — D'ailleurs, qui pourrait jamais s'opposer à la réalisation de mon dessein?

» — Moi.

» — Vous, monsieur!...

» — Oui, en vous offrant et ma main et mon cœur.

» — Cette offre....

» — Ne doit point vous étonner. Ayant perdu, jeune encore, les auteurs de mes

I.   19

jours, je suis resté maître de ma personne
et de ma fortune. Sans être riche, je possède néanmoins de quoi fournir aux premiers besoins de ma vie et même de ceux
d'une compagne. Vos malheurs m'ont
vivement intéressé. Votre caractère et votre esprit me plaisent également. Si la
franchise d'un homme probe peut ne pas
vous déplaire, vous vous rendrez à mes
pressantes sollicitations et consentirez à
vous unir à moi.

» — Je sens pour vous, monsieur, beaucoup d'estime. Votre procédé m'est le sûr
garant de vos principes et de la droiture
de vos sentimens; mais....

» — Vous ne ressentez pas d'amour pour
moi. Je vous crois et ne saurais vous en
vouloir pour cela. Dès que vous voulez
bien rendre justice à la délicatesse de mes
sentimens et m'estimer, c'est tout ce que
je suis en droit de prétendre. Je pousserai

cette franchise, de laquelle déjà je vous ai
donné plus d'une preuve, en vous décla-
rant, de mon côté, que je suis entraîné vers
vous par un sentiment irrésistible, et que
ce sentiment est l'amour le plus sincère
comme le plus pur et le plus désintéressé.
Quant à celui que je compte obtenir de
vous un jour, je m'en rapporte, à cet égard,
au peu de mérite que vous serez à même
de reconnaître dans ma conduite ulté-
rieure. »

» Tel fut l'entretien que j'eus avec cette
intéressante personne, qui me dit n'avoir
pris le nom d'Antonia que pour mieux
se soustraire aux poursuites que pourrait
tenter contre elle le comte Fernando, et
qui me déclara se nommer Zachi.

— Les événemens qui ont précédé ceux
qui vous ont été racontés, dans cette circonstance, me sont connus; mais j'igno-
rais entièrement ceux-ci.

— Comment et en quel lieu les avez-
vous donc appris ?

— Ils m'ont été communiqués en Espagne, et pendant le court séjour que j'y ai
fait, par l'un des principaux acteurs de ce
drame. Il est vraisemblable que le nom de
Gustave n'aura pas été omis dans le récit
qui vous a été fait.

— Je me rappelle, en effet, qu'il en a
été souvent question. Dès-lors je ne vous
entretiendrai que de ce qui a rapport à
nos propres intérêts.

» Nous débattîmes ensemble, Zachi
et moi, le pour et le contre, au sujet de
la proposition que je lui avais faite de
l'épouser. Dans cette discussion de principes, elle déploya tout ce que l'esprit et
la délicatesse de sentimens sont si bien
faits pour concilier à une femme, avec sa
propre estime, l'assentiment général. Je ne
vous tairai pas que la résistance qu'elle

m'opposa fut longue et opiniâtre; mais enfin, vaincue par la force et la justesse de mes observations, cette intéressante personne consentit à m'accompagner à l'autel.

» Non loin de la cabane où nous étions se trouvait une chapelle. Elle était desservie par un vénérable ecclésiastique dont, plus d'une fois, j'avais été dans le cas d'admirer la ferveur et le saint zèle. Ce respectable et digne ministre d'un Dieu de paix se montrait digne, en tout point, de la mission dont il s'était volontairement chargé, et, bien éloigné de ressembler à la plupart de ceux que j'ai été dans le cas de voir, il ne désirait les richesses que pour les répandre parmi les pauvres. Volontiers, il n'eût voulu voir ou faire que des heureux.

» Ce fut à cet homme de bien que nous confiâmes le soin de sanctifier les nœuds de l'hymen que nous contractâmes. Nos hôtes en furent les témoins.

» A peine cette auguste cérémonie, qui, du reste, se fit dans la plus grande simplicité, fut-elle terminée, que nous prîmes congé de ceux auprès desquels nous avions rencontré une si généreuse hospitalité. Toutefois, notre départ ne s'effectua pas sans leur laisser des marques de notre gratitude.

» Je continuai avec ma compagne le cours de mes voyages, et lui fis alternativement visiter toutes les cours de l'Allemagne, d'Autriche et de Prusse. Nous fûmes cependant contraints de remettre à un autre temps le projet que nous avions formé de voir d'autres pays, attendu qu'il s'était manifesté chez ma femme quelques symptômes de grossesse. Cette dernière circonstance détermina notre rentrée immédiate en France. Nous vînmes nous fixer à Bor-

deaux, où Zachi donna le jour à un garçon.

» Placés, par ce fait, dans une toute autre position, et nous devant plus particulièrement l'un et l'autre aux soins que
nécessitait cet enfant, nous sentîmes
que désormais une ère nouvelle s'ouvrait
devant nous. Un an après, et comme pour
nous confirmer dans la résolution que
nous avions prise de ne plus voyager,
Zachi accoucha d'une fille. Ces deux enfans, objets de notre tendresse, furent
confiés aux soins de deux nourrices.

» Cependant celle qui avait mis le complément à ma félicité et de laquelle, par
réciprocité, je m'occupais à faire le bonheur, n'était pas destinée à la partager.
Une maladie cruelle, parce qu'elle fut
prompte, l'arracha de mes bras et l'enleva
à cette terre que, pour ses enfans et pour
moi, elle n'aurait jamais dû quitter. Je

versai sur sa mort un torrent de larmes;
mais le souvenir des obligations qu'elle
m'avait léguées, en me rappelant à mes
devoirs , en suspendit le cours.

» Je me dévouai entièrement à l'éducation de mes enfans, et fis de mon mieux
pour les élever de manière à n'avoir jamais de reproches à me faire. Mais, ici-
bas, qui peut toujours se promettre de
réussir ?

» Par suite de cette fatalité qui semblait s'être attachée à moi depuis quelque
temps, je remarquai qu'en grandissant ils
ressentaient l'un pour l'autre un attachement que, dans toute autre circonstance,
j'aurais loué, mais que dans celle-ci je ne
devais pas tolérer, parce qu'il était contre
nature. Beaucoup trop jeunes encore l'un
et l'autre pour bien comprendre les motifs
de ma désapprobation, je dus m'attacher
à les surveiller de très près et à leur ôter

toutes les occasions d'être seuls. Cette conduite, de ma part, nécessita des soins in-
finis, et, je vous assure, plus d'un motif
d'inquiétude pour l'avenir.

» Ce que leur enfance m'avait présagé
pour le moment où ils atteindraient l'âge
viril ne sembla que trop bien se confirmer
lorsqu'ils approchèrent de cette époque
et justifier mes pressentimens à cet égard.
J'employai alors les moyens violens, c'est-
à-dire que je les séparai pour toujours et
mis un obstacle insurmontable à l'accomplissement d'un dessein dont l'idée seule
me faisait frémir.

» Après m'être porté à cette dernière et
funeste extrémité, la seule, du reste, qui
fût à ma disposition, je vous avouerai que
je ne fus pas sans ressentir quelques chagrins d'avoir été contraint à en agir ainsi.
Car, enfin, mes enfans m'étaient également
chers, et cependant je venais de sacrifier

l'un d'eux, précisément le plus faible, au bien-être de l'autre.

» Je consacrais une partie des jours et des nuits à répandre des larmes. Cette extrême affliction que je ressentais était d'autant plus pénible à supporter que je ne pouvais et ne devais même pas la confier à qui que ce fût. J'aurais eu trop à rougir qu'un pareil soupçon, auquel, à tort ou à raison, j'ajoutais une grande importance, vînt ternir l'honneur d'une famille à laquelle j'étais fier d'appartenir.

» Je sentais la nécessité d'épancher mon cœur. J'avais besoin de communiquer mes peines à quelqu'un qui fût capable de bien les apprécier, et je ne connaissais personne au monde en qui je pusse avoir un pareil degré de confiance. Cette perplexité était affreuse.

» Ma santé, déjà visiblement altérée par

suite de mes chagrins, finit par me contraindre à m'aliter. Je pensai d'abord que
cela ne serait rien ; que des remèdes efficaces, administrés à propos, pourraient
me rétablir, et que peu de jours suffiraient
pour opérer cette cure. Il en devait être
autrement.

» Un jour que je me trouvais seul dans
ma chambre, et bien plutôt enclin à la
mélancolie qu'à toute autre chose, je fus
extrêmement étonné de recevoir la visite
de la nourrice de mon fils. Je ne l'avais
pas vu depuis fort long-temps, malgré,
toutefois, que je lui fisse parvenir de temps
en temps des marques non équivoques de
ma gratitude pour les soins qu'elle lui
avait prodigués dans son enfance. Les traits
de cette femme portaient l'empreinte d'une
vive affliction. J'en fus surpris, et, comme
je lui avais voué un sentiment de bien vif
intérêt, je n'hésitai pas à lui en donner un

nouveau témoignage en lui en demandant la cause.

« C'est précisément pour vous la confier que je viens en ce moment auprès de vous.

» — Je vous sais gré de cette marque de confiance, et vous engage fortement à me l'accorder pleine et entière.

» — J'ai grandement besoin, monsieur, que vous m'y encouragiez, et surtout que vous vous montriez indulgent envers moi.

» — Nous avons tous besoin, plus ou moins, qu'on le soit à notre égard ; mais je ne sache pas que vous puissiez plus que tout autre en réclamer, et surtout de ma part.

» — Je vous demande pardon. Telle que vous me voyez, je suis une grande criminelle.

» — Vous m'effrayez, non de l'idée que je vous croie coupable, je rends plus de

justice à votre probité, mais de l'importance que vous mettez à une faute qui ne
peut être que légère.

» — L'opinion que vous avez conçue de
moi est par trop bonne.

» — C'est-à-dire que je rends à votre
caractère la justice qui lui est due.

» — Il y a, de votre part, excès de bonté.
Je ne suis rien moins qu'indigne de cette
estime que vous persistez à vouloir m'accorder.

» — Tant pis, s'il en était ainsi; mais,
enfin, à tout pécheur miséricorde, et, puisque vous vous reconnaissez coupable, il
n'y a aucun doute à élever au sujet du
pardon que vous sollicitez.

» — Croyez-vous, monsieur, que, par
cela même que je m'accuse et que je suis
repentante, j'obtienne grâce ?

» — N'en doutez pas.

» — Dans ce cas, monsieur, je n'hésite

plus à vous déclarer que vous n'avez plus de fils.

» — Oh ciel ! que dites-vous ?.....

» —La vérité. Vous me confiâtes un enfant. Le ciel m'est témoin si je lui prodi-
guai les soins nécessaires. Sous ce rapport,
ma conscience et ma conduite sont également exemptes de blâme. Cependant,
je ne pus éviter qu'il ne tombât malade,
et, dans cette nouvelle occasion comme auparavant, je m'acquittai des devoirs que je
m'étais volontairement imposés. Pensant,
néanmoins, que ce ne serait qu'une légère
indisposition, je ne voulus point vous affecter. Toutefois, le mal, en s'aggravant, fit
de si rapides progrès, que l'enfant mourut
avant même qu'il me fût permis de vous
tenir informé de ce qui se passait. Il m'é-
tait impossible de taire cette circonstance;
aussi je me mis immédiatement en route
dans l'intention de vous la faire connaître.

Le cœur doublement navré, je m'achemi-
nais vers votre demeure, lorsque j'aperçus,
au détour d'une rue déserte, quelque chose
d'assez volumineux et ressemblant à un
gros paquet qui me parut avoir été oublié
ou mis à dessein dans cet endroit. Je m'en
approchai machinalement, et, l'ayant sou-
levé, jugez de la surprise que j'éprouvai
lorsque je reconnus que c'était un jeune
enfant. En cet instant, la Providence sembla m'inspirer; car je ressentis pour ce
jeune orphelin le plus vif intérêt. Je me
déterminai à le substituer au lieu et place
de celui que vous m'aviez confié, et, par
cela même, mériter la continuation de vos
bienfaits. Je vous avais souvent entendu
parler de la félicité que vous et votre
femme goûtiez en ayant une fille et un
garçon; vous étiez assez riche pour faire
le bonheur de deux enfans : dès-lors je me
décidai. Vous continuâtes à être le père

d'un beau garçon, et moi je continuai à
toucher une pension qui m'était si nécessaire pour ne pas mourir de misère. Vous
connaissez mon crime. J'attends votre sen-
tence. »

Ici, affaibli par le long narré qu'il venait
de faire et plus encore par son état de
souffrance, Belmond fut contraint de s'interrompre. Edouard lui fit prendre quelques cordiaux, et puis ensuite il reprit en
ces termes.

CHAPITRE VIII.

—

CATASTROPHE.

—

«Ainsi qu'il vous est bien permis de le penser, je fis de graves remontrances à celle qui avait si cruellement abusé de la confiance que j'avais eue en elle, et lui fis sentir toute la gravité de la position dans

I.   20

laquelle elle nous avait placés l'un et l'autre. Cette femme me montra un repentir sincère; mais le mal était fait, et je ne
connaissais qu'un seul moyen de le répa-
rer : c'était de déclarer à celui auquel
j'avais servi de père que je ne voulais pas
cesser de lui en tenir lieu, et que, le croyant
susceptible de faire le bonheur de ma fille,
je consentais à les unir.

» Voulant mettre le complément à ce
projet, dont l'idée me plaisait, j'écrivis à
Rome pour obtenir du souverain pontife
la rétractation des vœux qu'a prononcés
Eliza, et je vous engageai à revenir auprès
de moi. Toutefois, je crus devoir m'abste-
nir de vous faire connaître, par écrit, une
circonstance qui, par sa gravité, pouvait
exercer sur votre caractère une funeste
influence. Je connaissais votre excessive
susceptibilité : dès-lors je ne voulus pas
l'irriter. Ma santé réclamait des soins as-

sidus. Je pensai, non sans raison sans
doute, qu'il vous serait doux de me les
rendre : ce motif me servit de prétexte,
et je vous écrivis.

— Oh! mon père!...

— Oui, mon fils, c'est de ce titre qu'il
faut continuer à me qualifier, parce que
je prétends l'être jusqu'à ma dernière
heure. Les larmes que vous répandez vous
honorent. Cependant, Edouard, songez
que ce qui nous éloigne est précisément
aussi ce qui vous rapproche de ma fille.

— Que de bontés!.....

— Je ne vous ai jamais accusé de ne
pas les mériter; mais je blâmais la fatalité
qui voulait que vous éprouvassiez un sentiment que je croyais répréhensible. Puisqu'il en est tout autrement, et qu'actuellement je peux faire le bonheur de mes
enfans, je n'hésite plus : vous serez unis.
Je continue.

» Quelque temps après le départ de la
première de mes lettres, je me vis contraint de vous en écrire une seconde, parce
que, dans l'intervalle, ma santé avait con-
sidérablement faibli. J'avais également
reçu de Rome l'autorisation que j'en avais
sollicitée concernant ma fille, et je brûlais
également d'en finir au sujet d'une affaire
qui, jusqu'à ce moment, ne m'avait occasioné que trop d'inquiétudes. Enfin, ma
position, empirant de jour en jour d'une
manière sensible, et craignant de ne pas
vivre assez pour assurer votre bonheur,
j'ai fait mes dispositions testamentaires
par lesquelles je fais entre vous et ma fille
un égal partage de mes biens : je vous
lègue la moitié de ma fortune.

» Me trouvant excessivement faible et
hors d'état de mettre la main à la plume,
voulant néanmoins presser votre arrivée
auprès de moi, j'ai eu recours à une main

étrangère pour vous écrire. Vous êtes accouru à ma voix : j'en rends grâces à Dieu,
puisqu'il m'a permis de vivre assez, non
pour être témoin de votre bonheur, parce
que je sens que mes forces m'abandonnent
et que cette faveur ne saurait m'être accordée, mais, du moins, pour l'assurer.

» Oui, mon ami,..... oui, mon fils,.....
soyez heureux,.... et..... faites,.... autant.....
qu'il..... dépendra.... de..... vous,.... la.... félicité..... d'Eli....za. »

En achevant de prononcer ces dernières
paroles, le respectable Belmond termina
son honorable carrière. Autant les quelques dernières années de sa vie avaient été
agitées, autant ses derniers momens furent heureux. Il est vrai que les motifs qui
avaient donné lieu à ses ennuis n'existaient
plus, et qu'en mourant il avait emporté la
certitude d'avoir assuré le bonheur de ses
enfans.

Pendant que de cette vie il passait dans
une meilleure, celui auquel il avait tenu
lieu de père, et auquel il venait de donner
une si grande marque d'intérêt, Edouard
était resté auprès de son lit, l'œil fixe et
sec, sa main pressant celle toute de glace
de son père adoptif, et doutant encore de
la réalité de la perte qu'il venait de faire,
comme aussi du bonheur inattendu qui
lui survenait. Il ne fut entièrement tiré
de cet état de stupeur que sur les observations réitérées que lui firent le médecin,
le notaire et quelques amis de son protecteur qui l'avaient assisté dans ses derniers
momens, et qui, par leur présence et leur
concours, avaient contribué à la rédaction
des différens actes que les circonstances
avaient exigés. Ces messieurs firent sentir
à Edouard la nécessité qu'il y avait, pour
lui, à prescrire les dispositions que comportait cet événement.

Ce n'était pas une affaire de faible importance que celle qui venait d'échoir à
Edouard; aussi dut-il, dans la circonstance
délicate où il se trouvait placé, réclamer
le concours de ceux-là mêmes qui lui
avaient déjà prêté un généreux appui. On
le lui accorda avec ce noble empressement
et cette urbanité qui flattent toujours celui qui en est l'objet, et qui caractérisent
si bien la franchise et la loyauté de ceux-
là mêmes qui obligent. Toutefois, la journée entière et la nuit qui suivit furent
tellement consacrées à remplir des devoirs
de forme et de haute importance, qu'il ne
fut pas possible à Edouard de s'absenter
un seul instant de la maison de Belmond,
non plus que d'écrire un mot à Eliza
pour la tranquilliser sur ce retard : ce
ne fut que vers le soir du second jour
qu'il put regagner l'asile où il l'avait
laissée.

Préoccupé des événemens qui l'intéressaient vivement, et qui, dans un court intervalle, venaient de lui survenir, Edouard, sans s'occuper de ce qui se passait autour de lui, se rendait en toute hâte dans le quartier Saint-Seurin, lorsque, arrivé à quelques pas de la maison où il avait loué une chambre, il fut tiré, tout-à-coup, de son état de rêverie par les clameurs d'une populace ameutée. Elle encombrait la rue, et le gros de l'attroupement se trouvait être précisément placé en face de la maison où il allait.

Bien éloigné de se douter du véritable motif qui avait attiré dans ce lieu un si grand concours de monde, et peu curieux d'en connaître la cause, il aurait passé outre, si, bon gré malgré et à cause du grand encombrement, il n'avait été contraint de ralentir le pas, et d'entendre, par suite, les détails qui se débitaient et qui, circulant ainsi de bouche en bouche, vinrent bientôt jusqu'à lui.

Il s'agissait, disait-on, d'une religieuse qu'on avait enlevée de vive force du couvent, et qui, après avoir été enfermée dans une maison du quartier, qu'on désignait et qui était précisément celle où il était logé, voulant opposer sans doute quelque résistance à son ravisseur, qui voulait également devenir son suborneur, avait préféré se précipiter d'un troisième étage dans la rue et se tuer que de se laisser déshonorer.

Tous ces détails, comme on le pense bien, commentés et rapportés par divers individus, étaient assaisonnés de réflexions plus ou moins importantes et plus ou moins susceptibles de piquer vivement la curiosité des assistans. A peu de chose près, ils coïncidaient trop bien avec l'affaire qui le ramenait dans cette partie de

la ville pour qu'il ne se hâtât d'aller vérifier les faits. De droite et de gauche il
essaya de se frayer un chemin, et parvint,
non sans beaucoup de peine, jusqu'auprès
du lieu où il avait momentanément fixé
son domicile.

Arrivé en cet endroit, Edouard remar-
qua que l'affluence de monde était beaucoup plus considérable, et qu'on y parlait
avec une véhémence peu commune de la
mort qu'avait été contrainte de se donner
l'infortunée religieuse, que généralement
l'on plaignait; mais on y vouait aussi au
supplice l'homme qui s'était montré assez
peu délicat pour l'avoir ainsi cruellement
abusée. Le pavé que l'on montrait aux
curieux était encore tout imprégné du
sang de la victime, que l'autorité avait
fait enlever et transporter à la morgue,
à l'effet d'y être exposée aux regards du
public, et, par suite, reconnue.

Lorsqu'il se présenta à la porte d'entrée de la maison, qui était gardée par un piquet de soldats d'infanterie, et qu'il y eut frappé, le portier vint la lui ouvrir. Celui-ci parut extrêmement surpris à sa vue, il ne put même s'empêcher de faire un pas en arrière, tant était grand son étonnement; mais, revenant bientôt de cet état de stupeur, il s'empressa de fermer la porte sur lui, afin d'éviter que le peuple, qu'on avait beaucoup de peine à contenir, ne pénétrât dans l'intérieur.

Un commissaire de police, un juge d'instruction et quelques gendarmes avaient envahi sa chambre et inventoriaient ses papiers, après avoir toutefois rédigé un procès-verbal dont les matériaux leur avaient été fournis par les personnes qui habitaient dans la maison.

A Edouard seul il appartenait de donner le complément des éclaircissemens qui, par cela même, devaient compléter l'acte préparatoire qui venait d'être dressé : aussi, lorsqu'il se présenta, les regards des assistans se tournèrent-ils de son côté, comme pour annoncer aux gens du roi que le nouveau venu n'était pas étranger à ce qui s'était passé. Ces messieurs, on le sait, ont le tact fin : aussi s'empressèrent-ils de lui demander ses nom, prénoms et qualité, comme aussi de lui faire connaître qu'il était accusé du rapt d'une religieuse.

Une lettre, signée du nom d'Eliza Belmond, et qui, lui étant adressée, avait été trouvée sur son secrétaire, lui fut représentée comme devant servir de pièce de conviction et appuyer l'accusation portée contre sa personne. Il paraît qu'avant de se décider à se tuer, cette infortunée avait tracée à la hâte ces quelques lignes pour se plaindre à son frère de l'abandon où il l'avait laissée, ce qui, par suite, lui inspirant la crainte d'un entier délaissement, l'avait obligée à mettre un terme à une existence qui désormais ne pouvait que lui être à charge.

Un pareil soupçon de la part de l'amie de son enfance, de celle qu'il chérissait tendrement, et au moment où elle se préparait à la mort, lui sembla mille fois plus offensant et plus pénible à supporter que celui de l'accusation elle-même qu'on portait contre lui. L'opinion des hommes, à l'égard de leurs semblables, est un problème tellement difficile à résoudre que, depuis long-temps, sa sagesse et sa rare philosophie en avaient fait bonne justice. Mais il ne pouvait concilier les preuves d'attachement qu'il avait reçues de son amie avec un soupçon aussi injurieux et aussi contraire aux sentimens qu'il avait continuellement montrés à son égard. Son

affliction fut remarquée et justement appréciée par ceux-là mêmes qui compo-
saient l'auditoire.

Tout en répondant avec calme et une
noblesse de caractère peu commune à
l'interrogatoire qu'on lui fit subir, Edouard
sut aussi se concilier l'estime et la vénération de ceux-là mêmes qui, étant chargés
d'instruire la procédure, ne doutant nullement de son innocence, furent néanmoins obligés de lui dire qu'il fallait ré-
férer cette affaire aux tribunaux, parce
qu'à eux seuls il appartenait de l'absoudre
du crime dont, ne le connaissant pas, le
peuple pouvait le croire coupable.

Tout en se laissant quelquefois aller à
des suggestions peu équitables, le peuple
cependant, imbu de ce bon sens qu'on ne
saurait lui refuser comme l'instruction
dont on s'obstine à ne pas vouloir le doter, sait discerner le vrai du faux; et tôt

ou tard la vérité se montre à lui dans tout son éclat. Il faut, pour la faire triompher à ses yeux, en appeler à sa sagesse : elle ne lui manque jamais quand il s'agit d'être humain ou généreux.

Après avoir entouré sa sortie de la maison de toutes les précautions imaginables et s'être assuré que sa translation n'éprouverait en chemin aucune opposition, on le fit monter en voiture et on le conduisit au fort du Hâ, qui est le lieu où sont enfermés les prisonniers.

Par suite de l'une de ces circonstances assez bizarres qui se rencontrent cependant quelquefois dans la vie, Edouard, à son entrée en prison, devint le compagnon d'infortunes de celui-là même qui l'avait été de son voyage en Espagne : il trouva dans ce lieu le muletier Antonio. Cet agent du capitaine Gustave, auquel il exprima toute sa surprise au sujet de cet événement, lui raconta en ces termes les motifs qui l'avaient amené en France et conduit en prison.

« Lorsque vous eûtes quitté San Lucar de Barameda pour vous rendre à Lisbonne, je me déterminai à attendre encore quelques jours dans la première de ces villes. Plusieurs motifs d'une haute importance m'imposaient la nécessité d'en agir ainsi. Je ne vous en citerai que deux, parce qu'à eux seuls ils suffiront pour vous convaincre de la nature de mes obligations.

» Peu éloigné de Cadix, où arrivent journellement des navires de tous les pays, mon séjour dans cette ville pouvait me faire rencontrer quelque voyageur qui eût besoin de mes services. Ma qualité de muletier et le parti que je savais en tirer, dans l'intérêt de la troupe, en m'offrant l'occasion de conduire quelque riche étranger venant des colonies et voulant se rendre dans l'une ou l'autre province des Espagnes, pouvait me mettre à même de contribuer à une bonne capture, et vous savez que ma mission consistait principalement en cela.

» Nonobstant ce motif, qui, par lui-même, était déjà assez important, j'avais des raisons péremptoires pour y prolonger mon séjour. Je savais que Paolo, l'un des lieutenans dont vous a parlé Gustave, devait très-incessamment relâcher sur ces côtes avec l'un des bâtimens qui appartiennent à la troupe et qui servent à faciliter les croisières que nos camarades, sous son commandement, font journellement dans ces parages.

» Mon attente ne fut pas trompée; car, peu de jours après votre départ, Paolo arriva à San-Lucar et me remit une assez grande quantité de marchandises colo-

I.   21

niales qu'il avait capturées à bord d'un
navire qui, revenant de l'Inde, se rendait
à Cadix. Nous en fîmes plusieurs ballots,
et puis après je les chargeai sur mes mules
pour les transporter sur la frontière et les
vendre ensuite aux contrebandiers français, avec lesquels nous entretenions de
fréquentes relations.

» Je dus traverser Madrid pour me rendre à Bayonne, parce que c'était la ligne
droite, et puis ensuite parce que je n'é-
tais pas fâché d'essayer de mettre ma responsabilité de contrebandier à couvert
sous la sauve-garde de quelque voyageur
qui suivrait la même direction.

» Je n'eus qu'à m'applaudir de cette
sage détermination, car à peine je fus arrivé dans cette capitale des Espagnes, que,
descendu à l'auberge Nuestra-Segnora-del-
Carmen, je fis publier, ainsi que cela se
pratique, qu'un muletier prêt à se ren-

dre en France offrait aux voyageurs de
les transporter, ainsi que leurs effets,
dans ce pays. Quelques instans après cette
publication, on me fit demander si je voulais me charger des bagages de l'ambassadeur français qui venait d'être remplacé. Ainsi qu'il vous est facile de le
croire, je n'eus garde de refuser une pareille aubaine; car personne n'ignore
combien ces messieurs savent se mettre
au-dessus de la loi. Toutefois, comme
Monsieur l'ambassadeur avait une quantité considérable de malles et de caisses
de toute espèce à transporter, je me pro-
curai quelques mulets de supplément, ce
qui ne me fut pas fort difficile.

» Sans accidens fâcheux, je traversai
les diverses provinces qui, du point de
départ, me séparaient de la frontière, et
déjà, à couvert sous le nom de monsieur
l'ex-diplomate, j'avais franchi Irun et le

pont de la Bidassoa, lorsque, près de Saint-
Jean–de–Luz, je fus arrêté et mes ballots soigneusement visités. Pris en flagrant
délit et convaincu d'avoir voulu frauder
la douane, je fus saisi par ceux qui sont
chargés de faire observer les lois qui ré-
gissent cette matière, mis entre les mains
de la gendarmerie et conduit ici.

» Je dois néanmoins vous faire observer
qu'avant d'être arrêté je m'étais débarrassé
de ce qui nous appartenait, et que je ne
suis en défaut que par rapport à ce qui
concerne monsieur l'ambassadeur : ce qui,
je l'espère, du moins, ne me conduira qu'à
une courte détention pour laquelle sans
doute Son Excellence m'accordera une
bonne indemnité. »

Comme l'argent était le seul palliatif
que le muletier Antonio désirait pour se
consoler de son infortune, Edouard se
garda bien de le contredire, parce que

cela n'aurait abouti qu'à engager une discussion qu'en cet instant il était peu disposé à soutenir. Il eut donc l'air d'abonder
dans son sens, lui souhaita la prompte
réalisation de ses espérances, et puis ensuite se retira dans la partie de la prison qui lui était destinée, à l'effet de s'y
livrer plus à son aise aux tristes réflexions
que sa position était si bien faite pour lui
inspirer.

Les événemens qui lui étaient survenus
depuis quarante-huit heures s'étaient succédé les uns aux autres avec une si grande
rapidité, qu'il ne lui avait pas été permis
de se reconnaître, tant il y avait été peu
préparé. Edouard avait perdu un père
pour trouver un protecteur, et la perte,
aussi prompte que la première, qu'il avait
faite immédiatement de ce dernier, ne lui
avait même pas laissé la consolation de
pouvoir espérer de connaître un jour à

qui il était redevable de son existence.
On lui avait laissé, il est vrai, une certaine
aisance, et avec elle la certitude d'épouser
celle que long-temps il s'était complu à
aimer, non comme sœur, mais à titre d'a-
mante ; et au moment même où la solution
de ce qui fut pour lui l'un des actes les plus
importans de sa vie venait de lui être donnée d'une manière tout-à-fait analogue à
ses désirs, cette ressource, objet de ses plus
invariables pensées, venait encore de lui
être enlevée par suite de l'une de ces fatalités qui sont souvent inexplicables, et qui
n'en accablent pas moins l'âme de ceux
qu'elles atteignent.

Edouard avait rendu les derniers devoirs à celui qui long-temps lui avait tenu
lieu de père, et répandu sur sa tombe des
larmes d'une bien vive affliction. Si la conduite qu'il avait tenue dans cette circonstance n'avait pu calmer dans son cœur

le sentiment de douleur que cette perte y
avait fait naître, elle avait du moins donné
lieu à une manifestation sincère de ses
regrets et de sa piété filiale. Mais cette
consolation lui avait été entièrement ôtée
à l'égard d'Eliza.

En apprenant la mort tragique de cette
femme tant adorée et qu'il s'était vu au
moment d'unir à lui par des liens indissolubles, au moyen de la sanction que le
souverain pontife avait donnée à la rétractation de ses vœux, et ensuite de ce
qu'elle n'était pas sa sœur, il était resté
comme frappé par la foudre. Cette circonstance lui avait paru tellement extraordinaire, qu'il avait continué à parler et à
agir comme si elle n'eût été pour lui que
le résultat d'un conte fantastique qui pouvait l'affecter dans le moment, il est vrai,
mais qui ne pouvait en aucune sorte l'affliger sincèrement, parce qu'il n'avait pu

croire qu'elle fût réelle. En y réfléchissant tout à son aise dans sa prison, il sentit vivement combien cette double perte était douloureuse pour lui.

Le passé, en raison du présent et de l'avenir, malgré les justes motifs qu'il croyait avoir de s'en plaindre, lui parut toutefois avoir été et devoir être la plus belle période de sa vie. Il avait eu, sans contredit, de graves sujets d'affliction ; mais qu'étaient-ils et que pouvaient-ils être en raison de ce vide au milieu duquel il se trouvait placé, sans qu'aucun espoir lui fît jamais envisager la possibilité de le combler? On peut cesser de s'apercevoir qu'on n'a plus ni père ni mère, mais on ne supplée jamais à la perte d'un véritable ami que, dans sa munificence, le ciel n'accorde jamais qu'une fois; et, pour lui, Eliza était le monde entier. Combien, avec de pareilles pensées, ce jeune homme dut trouver des motifs réels de s'affliger !........

Cependant, ces justes motifs d'une vive affliction devaient avoir un terme. Par gradation, et ainsi que cela arrive généralement, une nouvelle infortune, ou bien même une satisfaction quelconque, devait non-seulement pallier ce chagrin, mais encore opérer une salutaire diversion. Celle de sa captivité, par exemple, n'était pas de nature à être négligée, car il fallait, bon gré malgré, se tirer de cette position qui était loin de coïncider avec ses principes de probité. Il ne suffisait pas à Edouard que sa conscience fût exempte de tout blâme, il fallait encore qu'il se justifiât auprès de ses juges d'une imputation calomnieuse et peu méritée. Cette pensée, qui devait en ce moment prédominer toutes les autres, devenant tout-à-coup son idée prédominante, non par égoïsme, il en était incapable, mais par suite d'un honorable point d'honneur, il s'occupa sérieusement des moyens de faire éclater son innocence.

En raison des motifs du plus ou moins d'intérêt que peut avoir l'autorité entre les mains de qui elle est confiée, la justice est plus ou moins prompte à exercer son influence. Toutes les fois qu'il est question d'arrêter un citoyen, en raison de la position dans laquelle il se trouve placé, l'autorité montre de la rigueur ou de la faiblesse. Quand il s'agit de relaxer celui qui, injustement, a été détenu, les formes sont lentes et les moyens mis en usage sont tellement ridicules et vexatoires qu'ils finissent par appartenir au domaine du plus affreux despotisme.

Magistrats! est-ce donc ainsi qu'oubliant votre qualité d'hommes, vous vous montrez les dispensateurs de cette justice que vous dites égale pour tous, et qui n'est en réalité, entre vos mains, qu'un

glaive à deux tranchans qui atteint toujours le malheureux, l'homme privé de
toute espèce d'appui, mais qui ne frappe
jamais le riche, l'homme titré, que vous
protégez dans ses méfaits comme dans ses
crimes?

La liberté est, de tous les droits, le plus
sacré que puisse revendiquer l'homme : il
est le principe vital de son existence sociale. Abuser du droit que des hasards de
naissance ou d'intrigue ont donné à quelques individus d'en priver injustement
leurs semblables, c'est se montrer doublement coupable, et le jour où cette vérité
sera également sentie et appréciée par
tous, il en résultera une crise qui détermi-
nera la chute des tyrans. Ce moment ne
saurait tarder à arriver.

Edouard eut tout le loisir de sentir cette
vérité et de se pénétrer de l'équité de ses
semblables. Il passa plusieurs mois en pri-

son, et pendant ce temps il fut alternativement le commensal de grands coupables
et de victimes de l'arbitraire. Toutefois,
cette dernière épreuve ne fut pas totalement perdue pour lui, car elle devint la
source de sérieuses réflexions sur ses semblables, et lui fit sentir la nécessité de
fronder les abus pour les faire cesser.

Lorsque le moment de paraître devant
ses juges fut arrivé, Edouard se présenta
à eux avec cette noble assurance que
donne à l'homme de bien la certitude
de son innocence. Ce ne fut pas avec cette
audace qui caractérise si bien l'intrigant,
sûr de l'impunité, mais avec ce front
calme et serein qui ne voit que ses semblables et non un tribunal pour le juger.
Le ministère public, malgré l'éloquence
de son réquisitoire et faute de preuves,
sembla abandonner la partie de l'accusation qui avait rapport à la cause de sa

participation au suicide de la religieuse ;
mais il tonna fortement contre le rapt, et
réclama des juges l'application rigoureuse
de la loi.

Certain de son innocence et des moyens
qu'il avait par-devers lui de la faire triompher, Edouard ne voulut confier à personne le soin de le défendre. Il lui sembla, et, en cela, il pouvait avoir raison,
que nul autre ne saurait faire sortir de
cette lutte sa réputation intacte.

Quelques notes qu'il avait recueillies,
pendant que l'avocat-général discourait,
facilitèrent sa défense, rendirent son plai-
doyer extrêmement brillant et même remarquable sous plus d'un rapport. Il
passa en revue, avec une sagacité si rare
et si habile, les points de droit qu'on avait
invoqués contre lui, qu'il détruisit entièrement l'effet qu'avait produit sur le tribunal
et sur l'auditoire l'homme du roi... Quant

au reproche en lui-même d'avoir prêté
son appui à l'évasion d'une religieuse, il
prouva que le pape lui-même l'avait dégagée de ses vœux au moment où elle avait
quitté son couvent. Pour ce qui était du
suicide, l'opinion générale lui était favorable et ne pouvait lui supposer l'intention de se priver d'un bien qu'une persévérance continuelle et des efforts inouis
venaient enfin de lui faire conquérir. Le
résultat de sa défense fut son acquittement.

Rendu au libre exercice de ces droits
de l'homme qui lui donnent la faculté
d'aller et d'agir comme bon lui semble,
Edouard s'occupa tout aussitôt des moyens
de mettre le complément à ce qu'il n'avait
fait qu'ébaucher et de remédier à ce qu'il
n'avait pu faire. Pour ce qui concernait
ses devoirs d'enfant adoptif et d'héritier,
il avait rempli avec exactitude, vis-à-vis
du vertueux Belmond, toutes les obliga-

tions que lui imposaient sa reconnaissance et sa piété filiale; mais il lui avait été impossible de recueillir et de faire déposer dans un cercueil les restes inanimés de la malheureuse Eliza.

Combien ne dut pas être grande sa surprise lorsqu'on lui objecta que le cadavre de toute personne qui se donnait volontairement la mort n'appartenait plus à sa famille, mais devenait l'objet de la charité publique! L'autorité locale, ou du moins la police, toujours sage, toujours prévoyante, s'emparait d'un corps mort, trouvé dans la rue, et puis ensuite lui faisait donner la sépulture. Ainsi donc les cendres de son amante se trouvaient être confondues pêle-mêle avec celles de quelques êtres sans aveu, peut-être même de quelques criminels, et il lui fut refusé de les recueillir! Affreuse destinée de l'espèce humaine, si vaniteuse de son vivant, que celle qui ne lui permet pas d'envisager sans effroi l'avenir qui doit lui succéder !

Par suite de ce principe d'équité qui caractérise si bien les hommes du pouvoir, nonobstant la confiscation du cadavre, on s'était emparé également de l'héritage qui lui revenait : conséquence toute naturelle de la manière d'envisager les choses et de les juger de la part d'individus sans passions et sans arrière-pensées.

En proie à une bien vive affliction, Edouard se trouvait placé dans l'une de ces positions fâcheuses où la vie est un fardeau et la mort un bienfait que l'on réclame de Dieu, mais qu'on ne se donne pourtant pas quand on a des principes de morale qui repoussent l'idée d'un suicide. La controverse s'est souvent exercée à ce sujet, et, s'il est resté suffisamment démontré qu'il y avait lâcheté d'attenter à ses jours, il n'est pas clairement prouvé qu'il

y ait de la bravoure à conserver une existence malheureuse ou avilie. Toutefois, et
quelle que fut la nature et l'importance
même du chagrin qu'il ressentait, en ce
moment, il eut le bon esprit de penser
qu'il y avait un remède à tous les maux,
et que, non moins heureux que beaucoup
d'autres, il parviendrait sans doute à en
tempérer l'amertume.

Pour se raffermir dans cette sage pensée, il forma le projet de quitter le lieu
qui avait été témoin de ses infortunes, et
d'aller chercher sur un autre hémi-
sphère, si non le bonheur, du moins de
quoi calmer ses noirs chagrins. Mille ré-
solutions, presque aussitôt rejetées que
conçues, vinrent se présenter à son imagination. Une seule, dans le nombre, sembla pourtant dominer les autres : celle
d'aller dans les colonies, de mettre l'intervalle des mers entre son pays natal et les

I.   22

nouveaux lieux qu'il voulait désormais
habiter, fut celle à laquelle il accorda la
préférence.

Ce projet était extrêmement facile à
réaliser; car rien au monde ne pouvait
lui faire désirer de prolonger davantage
son séjour en Europe. Il ne voulut pourtant pas l'exécuter à demi. A cet effet,
Edouard réalisa sa fortune en numéraire,
acheta, pour la totalité, diverses marchandises qui pouvaient être d'un grand
rapport dans l'Amérique, et, disposé désormais à tenter toutes les chances du
commerce, il s'embarqua à bord d'un
navire hollandais et mit à la voile pour
l'une des Antilles.

FIN DU TOME PREMIER.

TABLE DES CHAPITRES

DU PREMIER VOLUME.

— ◦◦◦ —

HISTOIRE PITTORESQUE DE LA CONVENTION NA-TIONALE et de ses principaux membres; par M. L...., conventionnel. 4 vol. in-8°, portraits. Prix. . . . . 3o fr.

HISTOIRE SECRÈTE DU DIRECTOIRE. 4 vol. in-8°. Prix. . . . . 3o fr.

CHRONIQUE DU CRIME ET DE L'INNOCENCE; recueil des Événemens les plus tragiques; Empoisonnemens, Assassinats, Massacres, Parricides, et autres Forfaits commis en France, depuis le commencement de la monarchie jusqu'à 1833, disposés dans l'ordre chronologique, et extraits des anciennes Chroniques, de l'Histoire générale de France, de l'Histoire particulière de chaque province, des différentes Collections des Causes célèbres de Delaville, Gayot de Pitaval, Richer, des Essarts, Méjan, etc.; de la Gazette des tribunaux, etc., etc.; par J.-B.-J. Champagnac. 8 vol. in-8°. Prix. . . . . 6o fr.

DOM MIGUEL, ses Aventures scandaleuses, ses Crimes et son Usurpation; par un Portugais de distinction; trad. par J.-B. Mesnard. 1 vol. in-8°, portr. Prix. . . . . 7 fr. 5o c.

LA DUCHESSE DE FONTANGE, roman nouveau; par Mme ***, auteur des Mémoires d'une femme de qualité. 2e édition. 2 vol. in-8°, portr. Prix. . . . . 15 fr.

GALANTERIES D'UNE DEMOISELLE DU MONDE, ou Souvenirs de Mademoiselle Duthé; par l'auteur des Mémoires de la Comtesse Dubarri. 4 vol. in-8°. Prix. . . . . 3o fr.

Sous presse:

LA FEMME FORÇAT, roman nouveau; par J.-B.-J. Champagnac, auteur de la Chronique du Crime et de l'Innocence. 2 vol. in-8°.

LE COMTE DE SAINT-GERMAIN et la Marquise de Pompadour, roman nouveau; par Madame ***, auteur des Mémoires d'une femme de qualité, de la Duchesse de Fontange, etc. 2 vol. in-8°.

LE CIMETIÈRE D'IVRY, ou le Cadavre, roman nouveau; par E. Arthaud et Poujol. 2 vol. in-8°.

MADEMOISELLE DE ROHAN, roman nouveau. 2 vol. in-8°.

Imprimerie de DECOURCHANT, rue d'Erfurth, n° 1.